여인이 있는 풍경

일본 근대 단편소설집

엮고 옮긴이

장유리 張유리, Jang You-lee
1930년대 일본의 모던 문화 및 모더니즘 문학에 관심을 가지고 있으며
그중에서도 잡지미디어에 나타난 대중문화를 중심으로 연구하고 있다.
현재 경북대학교 조교수로 재직 중이다.

우성아 禹聖雅, Woo Seong-a
일본 근대문학을 전공했으며 작가 아리시마 다케오의 문학을 중심으로
여성과 기독교 문학을 연구하고 있다. 현재 경북대학교 강사로 재직 중
이다.

여인이 있는 풍경
초판인쇄 2022년 11월 20일 초판발행 2022년 11월 30일
엮고 옮긴이 장유리 · 우성아
펴낸이 박성모 펴낸곳 소명출판 출판등록 제1998-000017호
주소 서울시 서초구 사임당로14길 15 서광빌딩 2층
전화 02-585-7840 팩스 02-585-7848
전자우편 somyungbooks@daum.net 홈페이지 www.somyong.co.kr

값 16,000원 ⓒ 장유리 · 우성아, 2022
ISBN 979-11-5905-733-5 03830

일본 근대 단편소설집

여인이 女人 있는 풍경

장유리
우성아
엮고 옮김

옮긴이의 말

근대일본을 살아간 여자의 삶은 어떠했을까. — 그런 작은 관심사에서 이 책은 시작되었습니다. 사실 처음부터 일본문학의 번역본을 출판하고자 한 것은 아니었습니다. '근대일본'이라는 공통의 흥미를 가진 사람들이 경북대학교 일본연구센터에 모여 여러 방향에서 '여성의 삶'이라는 것을 생각하기 시작한 것이 프로젝트의 첫걸음이었습니다. 처음에는 그저 서로의 관심사를 공유하는 수준이었던 모임이 '도시와 여자'라는 연구모임으로 진행되며 도시의 사회문화현상을 중심으로 근대일본을 살았던 여성의 삶을 살펴보는 기회를 가졌습니다. 그러면서 자연스레 문학작품으로 시선을 옮기게 되었습니다.

근대일본의 막을 연 메이지유신明治維新 이후 서구로부터 새로운 문물과 사상이 들어오며 여성들의 생각과 삶도 크게 변화합니다. 여성들의 의식 변화와 사회 진출이 눈에 띄는 다이쇼大正시대와 도시를 기반으로 한 소비향락적인 모던 문화가 유행한 쇼와昭和시대 초기를 거쳐 전쟁에 이르기까지 — 여성들의 삶은 시대와 사회의 변화에 맞춰 흔들리고 변화하고 나아갔습니다. 그런 여성들의 삶을 유형화하지 않고 오로지 개인의 삶으로 비추어낸 것이 근대일본의 단편소설이었습니다. 모임에서 다양한 여성의 삶을 보기 위해 작가의 성별과는 상관없이 '여성'과 '여성을 둘러싼 문제'를 중심주제로 그린 소설들을 함께 읽어가는 사이에 이러한 문제의식을 세상과 공유하고 싶은 마음이 자라났습니다. 그래서 그 첫 시도로 기획된 것이 이 번역집입니다.

이 책에서 소개하는 열 편의 단편소설은 근대일본에서 시대의 변화를 살아간 열 명의 여성의 초상입니다. 이 열 명의 여성들은 각기 다른 문제를 안고 있습니다. 그 문제들은 근대화의 물결 속에서 구시대의 인습과 맞선 여성의 결혼 문제「알 없는 반지」나 모던 문화라는 유행 속의 여성「그저 본다」, 전쟁이라는 커다란 소용돌이와 마주친 여성의 일상「기다리다」 등 '근대일본'이라는 특수성에서 비롯된 것입니다. 하지만 그와 동시에 육아「An Incident」나 직업인으로서의 여성과 자아「여작가」, 나이 듦「노기초」과 같이 현대의 여성 문제와도 이어지는 보편적인 문제들을 함께 가지고 있기도 합니다. 또한 「수족관」이 다루는 성소수자의 주제는 현재 세계에서 중요한 화두로 대두된 다양성의 관점에서도 논의 가능한 문제입니다. 이처럼 이 책으로 엿볼 수 있는 여성의 삶은 '근대일본'이라는 특수성의 기호 아래에서도, 시대와 국경을 아우르는 보편성의 토대 위에서도 다양한 관점으로 바라볼 수 있습니다.

이 책은 번역된 소설과 소설의 해설을 싣고 있습니다. 발표된 시대순에 따라 열 편의 소설을 배치하였고 그 뒤에 각 소설을 읽는 중심 키워드를 주제로 풀어낸 해설을 수록하였습니다. 먼저 소설을 읽으면서 시대에 따라 변화하는 다양한 여성들의 삶을 느끼고 그다음에 각 소설에 나타난 여성의 삶을 개인의 생활과 사회문화적인 다양한 관점에서 바라본 해설을 읽으며 근대일본을 살아간 여성에 대하여 생각해보는 자리를 마련하고자 하였습니다.

이 책을 읽으시는 분들이 시대에 따라 변화하는 여성의 모습을 통해 근대일본이라는 하나의 큰 그림을 떠올리는 동시에 현재를 살아가는 여성의 문제로까지 생각을 넓혀주신다면 더 바랄 것이 없겠습니다.

차례

こわれ指環

알 없는 반지

시미즈 시킨
清水紫琴

시미즈 시킨 清水紫琴, 1868~1933

시미즈 시킨은 1868년 오카야마현(岡山県)에서 태어났다. 본명은 도요(とよ)이다. 시킨은 한학자(漢学者)인 아버지 시미즈 데이칸(清水貞幹)의 직장으로 인해 어릴 때 교토(京都)로 옮겨 교토부립제일고등여학교(京都府立第一高等女学校)를 졸업했다. 아버지가 시켜서 17세에 자유민권파 변호사 오카자키 하레마사(岡崎晴正)와 결혼했지만 21세에 이혼하고, 1890년에 『여학잡지(女学雑誌)』의 기자가 되어 같은 해 가을, 주필 및 편집책임자가 되었다. 그 후 자유민권운동가인 변호사 오이 겐타로(大井憲太郎)와 교제하여 아들을 낳고 같은 해 첫 번째 소설인 「알 없는 반지」를 발표했다. 다음 해인 1892년에는 후에 도쿄제국대학(東京帝国大学) 총장이 되는 고자이 요시나오(古在由直)와 결혼하여 문필활동을 이어갔으나 1899년 피차별민을 다룬 「이민학원(移民学園)」을 쓰고 절필한다. 시킨은 메이지시대 여성운동의 선구자로서 잡지의 평론과 소설을 통해서 여성들의 지위 향상을 위해 애썼고, 히구치 이치요 이전의 여성 문학을 담당했다는 평가를 받는다. 요시나오와의 행복한 결혼생활을 영위하다 향년 65세로 삶을 마감했다.

알 없는 반지

당신은 내 반지 알이
빠져있는 것이
마음에 걸리나요?

あなたは私のこの指輪の玉が
抜けておりますのが
お気にかかるの

　당신은 내 반지 알이 빠져있는 것이 마음에 걸리나요? 당신 말
씀처럼 이렇게 망가진 채로 끼고 있는 건 별로 보기 좋지 않으니
뭐라도 바꿔 끼면 좋을 테지요. ……하지만 나에게는 이 반지가 망
가진 것이 기념할 만한 일이라서 차마 바꿔 낄 수가 없습니다. 아
아, 세월은 정말 빨리 흘러서 이 반지를 망가뜨린 지 벌써 이 년이
지났네요.

　그동안 모두 몇 번이고 왜 그런 반지를 끼고 있느냐, 별로 어울
리지 않는다고 말씀하셨지만 이 반지에는 실로 깊은 속사정이 있
어서 일부러 그대로 끼고 있습니다. 당신에게 이 반지에 얽힌 나의
이야기를 들려드리지요. 정말이지 이 반지를 볼 때마다 창자가 찢
어지는 것보다도 더 마음이 괴로워요. ……하지만 이것을 내 손에
서 잠시도 빼놓을 수 없습니다. 왜냐하면 이 반지는 나에게 실로

은인이기 때문이며, 또한 나에게 수많은 근심과 슬픔을 준 덕분에 어떻게든 어엿한 인간이 되어야 한다는 의욕이 생겼기 때문입니다. 그러니까 이 반지는 항상 나의 사기를 북돋아 주고 용기를 주는 매개체이며 내게는 더할 수 없는 격려가 되는 것입니다. ……남들이 보면 몹시 보기 흉하겠지만 나에게는 정말이지 천만금과도 바꿀 수 없는 보배이고 참으로 나한테 잘 어울리는 물건입니다.

당신은 아직 자세한 내 사정은 모르시겠지요. 나의 처지는 실로 이 알 없는 반지와 꼭 닮아있습니다. 이 반지와 더불어 남들에게 여러 비난과 공격을 받지만 생각한 바가 있어서 망가뜨린 반지이고, 뭐 그 정도 일은 진작 각오한 것이어서 별로 마음에 담아두지 않습니다. 그래도 어떤 때는 이 반지를 보고서 아아! 나처럼 가여운 반지여, 라며 나도 모르게 흐르는 눈물로 지새는 일도 있습니다. 하지만 다시 마음을 다잡고 인간은 그렇지 않을지 몰라도 신神은 내 마음을 알고 계신다고 생각하며 스스로를 위로하고 있습니다. 아아! 망가진 반지. 이 반지에 진정한 가치가 깃들어있다는 건 오랜 세월이 지나지 않고서는 아마 아무도 모를 겁니다.

새삼스럽게 말씀드리려고 하니 왠지 벌써 가슴이 벅찹니다. 잊지도 않았답니다. 이 반지를 내 손에 끼게 된 것은 정확히 5년 전으로 내가 열여덟 되던 해 봄이었습니다. 바로 그 봄에 결혼을 했으니까요. ……반지는 남편으로부터 받은 것입니다. 하지만 결혼반지로 받은 것은 아닙니다. 그저 별생각 없이 내게 사준 것인데 지금 생각하면 이것을 결혼반지라고 해도 상관이 없겠지요.

내가 결혼했던 그 시절은 여성교육의 씨앗이 겨우 드문드문 뿌려졌을 시기였기 때문에 나 역시 지금 지닌 사상의 반도 익히지 못했습니다. 게다가 지방에 있었기 때문에 같은 5년 전이라도 도쿄東京의 5년 전과는 상당히 달랐습니다. 서양인 부부가 지내는 모습은 꿈에서도 본 적이 없는 데다 제대로 된 혼인법이 어떤 것인지도 들어보지 못했으며 그저 일본에서 예로부터 전해진 관례 그대로를 당연한 것으로 알고 있었습니다.

그리고 내가 교육을 받은 여학교에서도 그 당시는 오로지 중국식의 수신학을 가르쳤고 책도 유향劉向의 『열녀전烈女傳』* 같은 것만 읽게 했기 때문에 나도 어느샌가 그런 생각에 물들어 있었습니다. 예를 들면 일면식도 없이 결혼을 약속한 정혼자를 어렸을 때 여의었다고 해도 코를 베고 귀를 잘라 딴마음이 없음을 보였다는 이야기나, 시어머니가 악독해서 며느리를 목 졸라 죽이려 해도 아내 된 자는 으레 스스로 떠나는 것이 옳지 않다고 하여 남편의 집안을 배신하지 않았다는 이야기들을 부인의 더할 나위 없는 미덕으로 알고 있었습니다. 그래서 그때 생각하기로는 남편이란 존재는 실제로 누가 될지 모른다, 마치 운세를 보듯이 길이든 흉이든 걸리면 별 방도 없이 그저 천명에 맡기고 나는 나의 도리를 지키며 평생을 순결하게 지낼 뿐이라고 각오하고 있었습니다. 게다가 어머니는 여자들의 교훈서를 그대로 몸소 행하며 해석해 보였다고 할 정도

---

* 한나라의 유향이 지은 중국의 현모(賢母)·열녀(烈女)·악처(惡妻) 등에 관한 간략한 전기(傳記)를 수록한 책.

의 사람이어서 아버지를 대할 때도 문지방을 사이에 두고 손을 바닥에 짚는 예를 취하고서야 겨우 말을 했습니다. 아버지를 대하는 모든 방식이 손님을 대하는 것 같았습니다. 그래서 나는 어린 시절부터 다른 아버지들은 왜 저렇게 스스럼이 없을까 하고 다른 집 부녀 사이를 의아하게 여길 정도였습니다. 그처럼 어머니는 아버지를 조심스럽게 대하셨기에 이런 점에도 크게 영향을 받아 난 이렇다 할 까닭도 없이 여자의 운명은 가여운 것이라고 굳게 믿고 있었습니다. 하지만 그때 이미 뭔가 납득할 수 없는 부분이 있었나 봅니다. 가끔 실로 보잘것없는 여자의 운명을 떠올리며 어떻게든 평생 시집가지 않고 마음 편히 지낼 수는 없을까 하고 생각한 적도 있었습니다.

그리고 열대여섯 살쯤이었을 거예요. 부모님은 자꾸만 나에게 결혼을 권했습니다. 그것도 한두 번이 아니라서 거절하고 또 거절해도 이상하리만큼 계속해서 여기는 어떠냐 저기는 어떠냐 하며 여러 곳을 권하셨습니다. 그래도 나는 그저 시종일관 싫어요, 싫어요만 반복하며 버티고 있었지요. 처음에는 어머니도 "아무래도 아직 나이가 차지 않았으니 좀 더 두고 보셔도…"라며 아버지에게 말해 주셨지만 열여덟이 되는 해 정월에는 어머니도 더 이상 나를 변호해주는 자리에 서주지 않았습니다. 그리고 아버지도 이때부터는 슬슬 언성을 높이며 "이렇게 제멋대로라니, 도대체가 당신 교육이 잘못됐다니까"라며 때때로 어머니에게까지 잔소리를 하게 되었습니다.

그러던 어느 날이었습니다. 아버지가 "잠시 보자" 하고 나를 거실로 부르기에 무슨 일인가 가보았습니다. 아버지는 내가 자리에 앉는 것을 미처 못 기다리겠다는 표정으로 단호하게 결혼 소식을 알렸습니다. 그때 놀란 생각을 하면 지금도 식은땀이 날 정도입니다. 전부터 이렇게 말씀하시면 저렇게, 저렇게 말씀하시면 이렇게 말할 거라고 어느 정도 핑곗거리를 생각해 두었는데 그리도 단호하게 명령을 하실 거라고는 생각도 하지 못했습니다. 그저 어안이 벙벙해서 그냥 가만히 아버지의 얼굴을 올려다보았는데 아버지는 싫으면 말해보라는 듯한 기세였습니다. 그래도 어머니도 같이 있었기에 나 대신 무슨 말이라도 해 주겠거니 싶어 은근히 기다리고 있었는데, 어머니도 아버지의 화난 얼굴이 무서웠는지 혹은 진작 알고 있었는지 아무 말도 해 주지 않았습니다. 그저 염려스러운 듯이 나의 얼굴을 바라보며 빨리 알겠다고 말씀드리라고 말하는 듯이 넌지시 눈짓을 보내고 있었습니다.

나는 이렇게 달래고 밀어붙이는 두 분 눈빛에 어찌할 바를 모르고 있었는데 특히 평소 그다지 친근하지 않은 아버지라서 정말로 당혹스러웠습니다. 하지만 마침내 필사적으로 떨리는 입술을 깨물며 "여러모로 아직 공부가 부족하니 조금 미뤄주시면" 하고 할 말을 반도 못 했는데 아버지는 매서운 눈빛으로 나를 노려보며 "뭐? 공부가 부족하다고? 어리석은 소리 하는구나. 남들 하는 만큼의 공부는 시키지 않았더냐? 뭐가 부족해? 뭐가 마음에 들지 않아? 저만 아는 녀석"이라며 쏘아붙였습니다. 어머니는 네가 잘못했다는 얼굴로 나를 보았지만 나는 그런 생각으로 말씀드린 것이 아니라고 변명하려 했습니다. 그런데도 갑자기 말이 입 밖으로 나오지 않아 겨우 "어떻게든 도쿄의 여자사범학교에라도 가서"라며 말을 하려 했는데 이 말도 중간에 아버지가 끼어드는 바람에 다 말하지 못했습니다. "뭐? 사범학교? 쳇, 소학교 교사가 되고 나면 그다음에는 어떻게 한다는 거야. 평생 혼자서 지내는 건 쉽게 할 수 있는 게 아니라고. 그, 그런 말도 안 되는 소리 하지 말고 내 말대로 해. 이제 와서 뭐라는 거야. 어머니한테 일러둘 테니까 내 말 듣도록 해"라고 하시고 휙 일어서서 어디론가 가버렸습니다.

나중에 어머니는 차근차근 나에게 일러주셨습니다. "아버지 성격으로 봐서 저렇게 말씀하신다면 좀처럼 뒤로 물러나지 않으실 거다. 특히 이번 상대는 상당히 아버지 마음에 차는 모양이야. 중매인도 마쓰무라松村 씨니까 분명 나쁜 데를 주선하지는 않았을 거야. 이력으로 보나 학문으로 보나 쉽게 들어올 만한 혼담은 아니니까……그리고, 여자란 혼기를 놓치면 좋은 상대를 만나기 어려운 법이니……"라며 급기야 울먹이는 목소리로 타이르며 말씀하셨습니다. 지금이라면 나도 쉽게 물러서지 않았을 테지만 그때만 하더라도 순진한 처녀였고 또 어떻게든 한 번은 어디론가 시집 보내실 것이라고 각오하고 있었기 때문에 마음이 약해져서 받아들이고자 한 것도 아닌데 받아들이고 말았습니다. 이제 와서 생각하면 왜 그때 조금 더 강하게 거절하지 않았는지 스스로도 이상하게 여겨집니다.

그 후 어머니는 맞선 이야기를 꺼내셨습니다. "모레는 시간 괜찮니? 그쪽에서 맞선을 보자고 해. 쇠뿔도 단김에 빼랬다고 너도 그리 생각하고 내일 머리도 하고 기모노와 어울리는 동정도 생각해두는 게 좋을 거야"라고 하셨지요. 하지만 나는 그때 뭐라 말해야 좋을지 몰라서 그저 예라는 대답밖에 할 수 없었습니다. 하지만 그 후 내 방으로 돌아와서 곰곰이 생각해보니, 이미 아버지가 다 정한 결혼이라 맞선을 본 후에 싫다고 말씀드려도 그 주장이 먹힐 리도 없을 테지요. 그저 창피를 겪으며 상대방에게 얼굴을 보이기만 하는 것은 정말 쓸데없는 짓이라는 생각이 들어서 일부러도 고집스럽게 맞선보기 싫다고 어머니에게 우겨댔지요.

지금 생각하면 이 또한 어리석은 일로 정말 나의 실수였습니다. 하지만 생각해보면 여태껏 나는 어릴 때부터 학교 친구나 친척 이외에는 거의 사람을 만난 일이 없었습니다. 아버지께 손님들이 오셨을 때도 이따금 내가 현관에서 어정거리고 있으면 어머니가 항상 "자, 손님이 오셨다. 빨리 숨어. 어서 저쪽으로"라며 광으로 쫓아내는 것이 관례로 되어있었습니다. 그래서 사람을 보는 안목은 좀체 갖추지 못했습니다. 그러니까 설령 이때 맞선을 보았다 해도, 여전히 나는 아무것도 몰랐을 겁니다. 그래서 공연히 복잡한 심정으로 이러니저러니 걱정하기보다 차라리 잠시나마 결혼은 싫어도 어떤 사람일까 하고 살짝 기대를 품었다는 사실을 그나마 추억으로 삼고서 단념했습니다.

그리고 드디어 그해 음력 3월, 벚꽃이 필 때 그럭저럭 결혼식을 마쳤습니다. 하지만 왜 그런지 도무지 남편에게 정이 들지 않아 2, 3개월 동안은 내가 왜 이 집에서 평생을 살아야 하는 건지 전혀 납득할 수 없었습니다. 남편은 나를 사랑해 주기라도 했을까요? 때로 박물관 같은 곳에 데리고 가주고 "뭘 사줄까, 저것을 사줄까"라고 한 적도 있었지만 나는 도무지 물건을 사달라고 할 마음이 생기지 않았습니다. 왜냐하면 내가 정말로 그 집 사람이 됐는지 어떤지 마음이 안정되지 않았기 때문입니다. 또 함께 걸을 때나 뭔가를 할 때도 전혀 즐겁지 않고 그저 고향에 있었을 때의 일만 떠올라서 어디를 가도 아아! 어머니와 언니와 함께 이곳에 왔더라면 하는 생각만 했습니다.

그러던 어느 날의 일이었습니다. 열대여섯 살 정도 되는 처녀가 누군가의 편지 심부름을 왔습니다. 하녀는 별다른 생각 없이 받아서 나에게 가지고 왔는데 어째서인지 남편이 급히 손을 뻗으며 "나한테 줘야지" 하면서 하녀를 쏘아보았습니다. 나는 영문도 모른 채 '하찮은 일에 화를 내네, 무서운 사람이야'라고 마음속으로 문득 생각했습니다. 남편은 이내 그 편지를 다 읽고서는 평소와 달리 돌돌 말아서 품에 넣으며 "일간 이쪽에서 답장하겠다고 말해 둬"라고 하녀에게 말하여 그 심부름꾼을 돌려보냈습니다. 그리고 그날 밤의 일이었습니다. 남편이 잠시 근처에 산책 다녀오겠다고 하고 나갔는데 열 시가 되어도, 열두 시가 되어도 돌아오지 않았습니다. 나는 남편이 돌아올 때까지 기다릴 생각으로 요도 깔지 않고 마침 좋은 기회가 생겼다고 생각해 학교 친구들에게 보낼 편지를 쓰고 있었습니다. 그러는 사이 점점 밤도 깊어져서 어쨌든 하녀는 쉬게 하자 싶어 먼저 자라고 했는데 하녀 하나가 내가 쓸쓸할 거라며 말벗을 하러 옆에 와 있었습니다. 그리고 내가 편지를 쓰는 것을 유심히 보면서 "정말 사모님은 글씨를 잘 쓰시네요, 이전 사모님은"이라는 말을 무심코 하더군요. 나는 그 이전 사모님이라는 말이 불현듯 마음에 걸려 "아니, 이전 사모님이라니. 내가 오기 전에 다른 사람이 있었어?"라며 나도 모르게 하녀의 얼굴을 뚫어지게 보았습니다. 그 하녀는 내가 오기 훨씬 이전부터 일하고 있었던 터라 집안 사정에 대해 속속들이 잘 알고 있었습니다. 그래서 방금 한 내 질문에 어쩔 수 없이 이렇게 대답했습니다. "어머나, 제가 그만 무심코…… 이런 말씀을 드리면 주인어른께 야단을 맞겠지만 이제 어쩔 수 없으니 말씀드릴게요. 사모님이 오시기 5, 6일 전까지도 이 집에 살던 분이 계셨는데 주인어른이 서생 시절에 하숙하셨던 댁의 따님인 것 같아요"라며 자초지종을 이야기했습니다. 그러고 보니 '낮에 온 그 심부름꾼은……, 아마……'라고 생각했지만 하녀의 앞이라 그런 기색은 보이지 못하고, 일부러 냉담하게 "그래, 그렇구나"라며 그냥 듣고 넘겼습니다. 하지만 그때부터 왠지 기분이 나빠져서 '정말 어이없어. 여자가 있었다면 처음부터 나와 결혼을 하지 말았어야지. 또 그랬다고 하더라도 결혼까지 했으면 그런 짓은 그만두어야지'라고 생각했지만, 그런 말은 원래 하는 게 아니라며 혼자서만 마음에 담아둔 채 언짢은 나날을 보내고 있었습니다.

그 후 3월보다 4월, 4월보다 5월 점점 남편의 외출이 잦아지고 끝내는 삼사일이나 어디론가 가서 집에 돌아오지 않는 일도 있었습니다. 처음에는 나도 이삼일 밤을 자지 않고 기다렸지만 돌아오지 않는 일이 몇 날 밤이나 계속되자 더 이상 그렇게 눈뜨고 있을 수 없어 그만 깜빡 잠드는 일도 있었습니다. 그리고 공교롭게도 그런 밤이면 남편은 기다렸다는 듯 한밤중에 돌아왔습니다. 갑자기 문을 두드리는 소리가 들려서 서둘러 문을 열면 남편은 술 냄새를 확 풍기면서 나를 쏘아보며 "뭐야, 아까부터 문이 부서져라 두드렸잖아. 왜 안 열어, 동네방네 다 들려도 괜찮은가 보지? 남편을 문밖에 세워두고 한가롭게 잠이나 곤히 자고 있다니 어지간히 무사태평한 마님 나셨네"라고 합니다. 남편에게 군소리를 듣는 괴로움이란. 하지만 그런 일은 참을 수도 있지만, 밤중에 이렇게 화내는 소리를 듣고 하녀가 깨기라도 해서 남편의 귀가가 늦다고 이러쿵저러쿵 잔소리하는 사람으로 비춰진다면 그것도 정말 너무 면목이 서지 않는 일이지요. 또 그런 잔소리를 한들 더 툴툴거리기만 할 것 같아서 젖은 종이에라도 닿듯이 조심스레 당신 말씀이 맞다고 마냥 사과하고 겨우 잠을 청하는 일이 몇 번이고 있었습니다. 그런 일이 있을 때마다 나는 학교에 다닐 적 일을 떠올리며 동급생 중 가장 사이가 좋았던 어떤 언니도 아직 독신인데, 또 아무개도 지금은 학교에 근무한다고 들었는데, 나만 마음이 여려 시집을 와서는 이런 괴로운 일을 겪나 하고 나도 모르게 흐르는 눈물로 지새운 일도 있었습니다.

아버지는 그때 먼 곳에 가셔서 고향에는 어머니만 남아 있었습니다. 어머니는 역시 같은 여자라서 그런지 이런 일을 눈치채는 것도 빨라서 내가 어쩌다 고향에 돌아갈 때마다 말씀하십니다. "어쩐지 요즘 안색이 안 좋은 것 같구나, 몹시 야윈 것 같아, 무슨 근심이라도 있는 것은 아니냐, 아버지가 여기 계시면 어떻게든 의논이라도 하겠지만 엄마인 나는 말해도 도움이 안 될 거야. 그저 어떻게든 네 몸을 아끼고 너무 마음 졸이지 않도록 하렴." 말씀을 들을 적에 얼마나 슬프던지. 울지 않으리라 생각해도 평소 마음을 알 수 없는 남편 옆에서 입이 거친 하녀에게 보일 체면 따위에 신경 쓰며 한결같이 정신을 바짝 차리고 있어야 하는 처지이기에 가끔 고마운 어머니의 말씀을 들으면 새록새록 어머니의 자애로움이 사무쳐서 "아녜요, 근심 같은 거 전혀 없어요"라고 말로는 그럴듯하게 이야기해도 때마침 폭포같이 흘러내리는 눈물은 나보다 더 정직하게 어머니에게 진실을 고했습니다. 눈물을 보이지 않으려고 손수건으로 눈물을 훔쳐내고 아무렇지 않은 얼굴로 어머니 쪽을 보니 어머니는 나보다도 먼저 벌써 눈가를 빨갛게 적시고 있었습니다.

그런 일이 되풀이되면서 어머니는 결국……, 꼭 그 때문이라고 말하지는 못하겠지요? 하지만 지병을 앓다가 결국 몸져눕게 되었고 얼마 후 나를 걱정하다 서글프게도 내가 열아홉 되는 가을에 아침 이슬로 사라지셨습니다. 그때의 내 마음은 다 말씀드릴 수 없습니다. 처음에는 나를 일찍 시집보내면 어머니도 마음이 놓일 거라 생각했고, 나 역시 어머니가 너무 걱정하니까 어머니의 마음을 안

심시켜 드리고 싶어서 내키지 않는 결혼을 했지만 그 결혼이 한이 되어서 어머니의 생명을 단축시켰는가 생각하니 가슴이 미어터질 것 같았습니다. 하지만 나는 이것도 모두 내 탓이라고 체념하고 생각대로 되지 않아도 어쩔 수 없다며 여전히 불우하고 비참한 가운데 2년의 세월을 보냈습니다. 실로 반발이란 무서운 것으로 나는 결혼 후 이삼 년 사이에 언제부터인가 여자를 위해 개탄하는 입장이 되었습니다. 하긴 그때는 마침 여권론이 발흥하려던 때여서 불행하고 비참한 것이 결코 여자의 천명이 아니라는 설이 차츰 일본 사회에 생겨나고 있었습니다.

나도 평소에 바쁜 집안일을 하면서 그때그때 나오는 신간서적, 여성 잡지 등을 항상 곁에 두고 즐겨 읽고 있었기 때문에 어느새 서양의 여권론이 나의 뇌리에 박혀서 어쩌면 일본의 부인도 좀 더 타고난 행복을 누려야 한다는 생각이 들었습니다. 그래서 나의 울적함을 달래기 위해, 또 세상의 수많은 부인의 불행을 구제하고자 때때로 까다로운 말을 하는 입장이 되었습니다. 막상 그렇게 되고 보니 나의 각오가 상당히 새로워졌습니다. 그때까지는 중국식으로 그저 무엇이든 참고만 있으면 된다, 자신의 행복조차 희생해도 된다는 소극적인 각오였지만 이때부터는 이제 그것으로 만족하지 않고 내 불행과 상관없이 어떻게든 남편의 행동을 바로잡고 남편으로서 부끄럽지 않은 훌륭한 남자로 만들고 싶다는 일보 진전된 생각을 하게 되었습니다.

그래서 종종 진심 어린 충고를 해 보았지만 아무래도 남편은 나보다 훨씬 나이도 많았고 모든 일에 나보다도 경험이 많았기 때문에 내가 말하는 것을 쉽게 받아들이지 못했고 나중에는 뭔가 말하려고 하면 건방지게 여자 주제에 또 얕은 지식을 뽐내냐며 한마디로 폄하해 버리는 것이었습니다. 이것도 나의 진심이 부족하고 또 내게 그만큼의 가치가 없기 때문이겠지요. 아아, 나에게 모니카*정도의 힘은 없더라도 적어도 좀 더 남편이 소중하게 여기는 가치가 있다면 하고 까닭 없이 신세를 원망하게 되었습니다. 하지만 찢어진 천은 쉽게 꿰매기 어렵고 부서진 옥은 원래대로 되돌리기 어렵다는 비유처럼 거기에는 또 여러 사정이 있어서 아무리 해도 내힘에 부친다고 여겼습니다. 또 내가 곁에 있으면 이유 없이 남편에게 반발심을 주어 남편을 위해서도 오히려 좋지 않을 거라 여겼기때문에 드디어 마음을 정하여 바라던 바는 아니지만 결국 쌍방이헤어지기로 했습니다.

그런 연유로 나는 오로지 세상을 위해 일하기로 결심했습니다. 그 기념으로 이 반지의 알을 빼내어, 이것은 구천勾踐**을 따라 한것이지만, 아침저녁으로 이 알 없는 반지를 바라보며 알을 뺀 책임이 가볍지 않음을 생각합니다. 비록 와신상담은 하지 않더라도 기

---

* 아우구스티누스의 어머니이다. 기독교의 성녀로 방탕한 아들의 회심(回心)을 바라고 끊임없이 기도한 현모로 유명하다.

** 춘추전국시대 월나라의 왕. 왕이 되어 오나라를 쳐서 왕 합려를 죽였다. 이에 합려(闔閭)의 아들 부차(夫差)가 아버지의 복수를 위해 회계산(會稽山)에서 구천과 싸워, 결국 구천이 패배한다. 구천은 그 치욕으로 쓸개를 핥으며 부국강병을 꿈꾸었다. 부차와 구천 두 사람의 싸움과 관련하여, 섶나무 위에서 잠자고 쓸개를 핥는다는 뜻으로, 목적을 달성하기 위해 어떤 고난도 감수하는 정신을 '와신상담'이라 한다.

어코 이 반지를 보면서 일하여 많은 가련한 소녀들의 장래를 지키고 보석 같은 소녀들에게 나 같은 전철을 밟지 않도록 하고 싶다는 소망을 품은 것입니다. 그렇다고 해도 지금은 점차 결혼법도 개정되었고 세상에는 상당히 훌륭한 부부도 있기에 그런 분들의 모습을 보면서 왜 나는 저렇게 남편에게 사랑받지도, 남편을 사랑하지도 못했나 하고 이 반지에 대해서 많은 감회를 느낍니다.

다행히 아비지는 지금까지 건강하셔서 내가 여러 해 겪은 고통을 대단히 가엽게 여기시고 늙은이가 부질없는 간섭으로 애석하게도 어린나무의 가지를 부러뜨렸다며 늘 편지를 보내 주시며 나를 위로해주십니다. 지금은 아버지가 오히려 내 뜻을 칭찬하시고 끊임없이 나를 격려해주시기에 나는 이것을 무엇보다 기쁨으로 여기며 슬픈 중에도 즐거운 나날을 보내고 있습니다. 다만 더 바라기로는 이 알 없는 반지가 그것을 준 주인의 손에 의해 다시 원래의 완전한 모습이 될 수 있다면 하는 것인데, 이 일에 관해서는 역시 아직은⋯⋯.

이혼하는 여자

「알 없는 반지」는 1891년에 발표된 시미즈 시킨의 첫 작품이자 대표작이다. 당시 시킨은 23세로 이혼을 한 상태였다. 일본은 메이지시대 들어 호적제도가 신설되었고 부모가 결혼상대를 결정하는 중매결혼이 많아졌는데, 오랜 악습이던 일부다처제는 메이지31년인 1898년에 이르러 폐지되었다.

이런 시대를 배경으로 한 「알 없는 반지」는 아버지의 명에 따라 원하지 않는 결혼을 할 수밖에 없었던 여자가 결혼을 하고 나서야 남편에게 이미 다른 여자가 있었다는 것을 알고 이혼을 결심한다는 내용이다.

부인의 운명

주인공 '나'의 주변 인물로는 아버지와 어머니 그리고 남편이 있다. 아버지는 엄하고 가부장적인 사람이지만, 19세기 말 일본에서 딸에게 여학교 교육을 시킬 정도로 생각이 깨어있는 면도 있다. 하지만 딸이 결혼하지 않고 더 공부하고 싶다고 했을 때 딸의 향학심을 인정하기보다 남들이 다 하는 결혼이 늦어질까 봐 걱정한 나머지 반강제로 혼담을 추진해버린다. 딸로서 아버지를 거스를 수 없다고 생각한 '나'는 아버지의 말을 따를 수밖에 없었다.

어머니는 전형적인 양처良妻로 남편의 말에 절대 순종하는 사람이다. 여자들이 보는 교훈서를 자신의 삶으로 몸소 실천하며, 남편과의 사이에 언제나 격을 두고 조심스러워했다. '나'가 어머니를 보고 배운 것은 아버지에게 절대적으로 순종하는 모습이었고, 그래서 '나'는 어머니의 모습을 통해 부인의 운명은 정말 시시하며 시집 같은 거 안 갔으면 좋겠다고 생각한다.

남편은 다른 여자를 두고서 '나'와 결혼을 한 사람이다. 하녀의 말에 따르면 남편의 여자는 남편이 서생시절에 하숙했던 집의 딸이었다. 결혼 후에도 남편과 그 여자의 관계가 여전히 이어지고 있다는 것을 알게 된 '나'는 그런 사람이 있으면 처음부터 자신을 맞지 않든지 아니면 맞을 거라면 그런 일을 그만두어야 된다고 생각한다. 그러나 어머니의 말에 따르면, 남편은 '아버지 마음에 드는' 사람이었고, 혼담은 절대 '나쁜 데 주선하지 않을' 믿을만한 중매인이 소개한 것이어서 거절할 이유가 없었다. 다시 말해서 아버지, 어머니, 중매인이 보기에는 모든 것이 좋은 조건이었기 때문에 두 사람은 결혼에 이르렀다. '나'와는 맞지 않는 결혼이었지만, 이미 다른 이들에 의해 좌지우지되었고, 그것이 '부인의 운명'이라고 생각했다.

결혼반지

일본에 결혼반지 풍습이 전해진 것은 메이지 시대의 개국 전후
이다. 문호가 개방되고 기독교가 보급되기 시작하자 순식간에 온
일본에 반지 문화가 퍼지게 되었다. 결혼반지로는 진주나 탄생석
으로 만든 반지를 선호했다.

'나'는 남편에게서 반지를 받았는데, 때는 열여덟이 되는 봄에
결혼을 하고 나서이다. 남편은 '아무런 생각 없이' 사준 것이지만,
'나'는 지금 그것을 '결혼반지'라고 부르고 있다. 본디 계약은 상호
간에 이루어져야 하는 것인데 '나'는 혼자서 반지를 남편과 자신의
'계약'의 의미로 받아들였다.

'나'의 결혼생활은 불우했고 어머니처럼 참고 살았다. 하지만 어
머니는 불우한 딸이 결혼생활이 한이 되어 돌아가셨다. 그 후 '나'
는 비참한 심정으로 2년의 세월을 보내다 '반발'이 생겼고, 참았던
감정들이 '여자를 위해 개탄하는 입장'으로 바뀌었다.

당시 일본에서는 '불행하고 비참한 것이 결코 여자의 천명이 아
니라는' 사상이 퍼지고 있었다. '나'는 남편의 잘못된 행동들을 바
로잡고 싶었다. 하지만 남편은 '건방지게 여자 주제에'라고만 말했
기에, 힘에 부치기만 했다. 그래서 결국 '나'는 헤어지자, 그리고 반
지의 알을 빼서 기념하자고 결심하였다.

이혼, 그리고……

메이지시대는 이혼율이 상당히 높았는데 그 이유는 결혼을 평생 유지해야 한다는 의식이 부족했고, 부모, 특히 시모가 며느리의 결점을 잡아 이혼을 시키는 일이 많았기 때문이다. 그러나 메이지 민법에 의해 25세 이하는 부모의 동의가 없으면 이혼할 수 없게 되어 이혼율이 감소하게 되었다.

알이 없는 반지는 망가진 반지이고 깨진 반지여서 계약의 의미로 결혼을 했다면 계약을 깨뜨렸다는 의미이고, 그것은 둘의 이혼을 의미한다. '나'는 남편을 증오하거나 결코 용서할 수 없어서 이혼을 한 것이 아니다. 남편의 행동들을 바로잡아 남편으로서 부끄럽지 않은 훌륭한 남자로 만들고 싶었지만 마음먹은 대로 되지 않았다. 게다가 남편을 위해서도 좋지 않다고 생각했기 때문에 내키지 않지만 헤어지기로 한 것이다. 이것은 나의 자발적인 생각에서 이루어진 이혼이다. 시모와의 갈등이나, 남편과의 문제로 인해 쫓겨나는 식의 이혼이 아니라 스스로 선택한 이혼이다. 반지를 보며 앞으로 소녀들이 자신의 전철을 밟지 않도록 해야겠다고 다짐하는 한편, '왜 나는 저렇게 남편에게 사랑받지도, 남편을 사랑하지도 못했나' 생각하기도 한다. 그리고 '알 없는 반지가 그것을 준 주인의 손에 의해 다시 원래의 완전한 모습이 될 수 있다면' 하고 바라고 있다. '나'는 스스로 이혼을 선택하며 스스로 반지를 망가뜨렸다. 그러나 결국에 이혼을 한 이유는 자신보다 남편을 위해서였다. 그리고 여전히 남편이 돌아와 주기를 기다리고 있다. 하지만 깨진 반지가 완전한 형태로 돌아갈 수 없듯이 둘의 결혼은 완전한 모습을 회복하기는 불가능할 것이다. 애초에 '나'가 꿈꾸는 결혼생활에서의 완전함이란 존재하지 않듯이 말이다.

嫉妬する夫の手記

질투하는 남편의 수기

후타바테이 시메이
二葉亭四迷

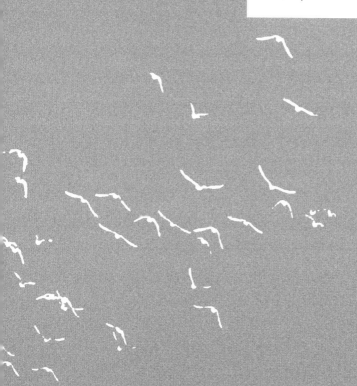

후타바테이 시메이 二葉亭四迷, 1864~1909

후타바테이 시메이는 1864년 에도(江戶)에서 무사의 집안에서 태어났다. 본명은 하세가와 다쓰노스케(長谷川辰之助)이다. 후타바테이는 외교관이 되려는 꿈을 안고 도쿄외국어학교(東京外国語 1校) 러시아어과에 입학했다. 그러나 도쿄외국어학교가 도쿄상업학교로 바뀌면서 학교를 중퇴한다. 외교관이 되기 위해 러시아어를 배우기로 한 목표는 점차 희미해지고 러시아문학에 심취하면서 문학에 대한 흥미와 관심이 깨어났다. 쓰보우치 소요(坪内逍遥)를 알게 되어 그의 권유로 평론 「소설총론(小説総論)」을 발표하고 일본 최초의 언문일치체 소설 「뜬구름(浮雲)」을 발표했다. 「뜬구름」은 일본 근대소설의 시작을 알린 작품으로 평가된다. 『국민의벗(国民之友)』에 투르게네프의 「사냥꾼일기(Zapiski okhotnika)」를 일부 번역한 「밀회(あひびき)」를, 『도읍의 꽃(都之花)』에 투르게네프의 작품을 번역한 「해후(めぐりあひ)」를 발표하여 새로운 번역의 모범을 제시했다. 사회주의의 영향을 받아 사회문제, 특히 도쿄 하층계급의 사회문제, 폐창운동, 빈민구제책에 관심이 많았다. 빈민가를 드나들면서 만난 창부가 첫 번째 아내 후쿠이 쓰네(福ゐつね)이다. 쓰네와의 사이에 두 딸이 있었는데 결혼 2년 만에 이혼한다. 그 후 모교인 도쿄외국어학교 교수를 거쳐 만주로 건너갔으나 1904년 러일전쟁이 일어나자 오사카 아사히신문사(大阪朝日新聞社)에 입사하여 도쿄 특파원이 되었다. 1906년 「그 모습(其面影)」을 연재했고 이듬해 「평범(平凡)」을 연재했다. 1908년 『아사히신문(朝日新聞)』 특파원으로서 페테르부르크에 갔는데 신경쇠약과 불면증에 시달리다 1909년 폐결핵 때문에 귀국하던 도중 배 안에서 숨을 거두었다.

질투하는 남편의 수기

잠이 안 왔다.
밤새
O와 아내를 생각했다.

眠れなかった。

一晩中

Oのこと、妻のことを考えた。

4월 2일, O가 집에 묵으러 왔다.

처음에 아내는 손님이 있으면 손발이 묶이니까 그가 묵는 것을 부담스러워했다. 한번은 하녀를 고용하지 않겠느냐고 아내에게 물었더니 아내는 지출이 늘어나는 것을 걱정하며 그런 사치를 부릴 수 없어요, 게다가 손님도 곧 가실 테니, 라고 말했다.

그런데 O는 계속해서 머물고 있다.

아내는 O가 머무는 것에 대해 가끔 내게 불평했지만 그런대로 그가 있는 것에 익숙해졌을 뿐만 아니라 알아서 손님을 돌보게 되었다. 모두 당신을 위해서예요, 라며 변명 비슷하게 말한 적도 있다. 나는 그것참 고맙다고 말은 했지만 내심 다른 느낌이 들었다. 불만스럽기도 하고 걱정스럽기도 한, 한마디로 말하면 어쩐지 묘하게 불쾌했다.

그 사이 아내는 점점 O에게 친밀감을 가지게 되었다. 손님 쪽에서도 마찬가지인 모양이다. 그러나 O에 대한 나의 마음은 일단 이전과 조금도 바뀌지 않았다.

아니다. O가 있으면 일에 방해가 된다는 이유로 필사적으로 O로부터 자유로워지려고 하고 있었던 것을 보면 그때 이미 내 마음은 변해 있었던 것이다.

그러나 자유로워질 기미가 없었기 때문에 나는 시골에 가기로 결정했다.

그렇게 결정한 것에 대해 O에게도 잘 얘기했지만 물론 진짜 이유는 말하지 않았다.

O는 그 말을 듣고, 나는 꼭 집으로 돌아가야 하니 6월 10일 지나서는 여기에 머물 수 없다, 내가 있어서 자네 가정에 여러모로 폐를 끼치는 것은 본의가 아니므로 당장 다른 친구 집으로 옮길 생각이다, 라고 했다. O의 입장에서 보면 거북할 거라고 그때 나는 생각했다. 나는 체면치레로 계속 있어달라고 권했지만 O는 듣지 않았다. 나도 특별히 만류하지 않았다.

나는 시골로 갔다.

아내가 없어서 몹시 무료했다. 아내는 편지를 한번 보냈지만 그 편지에는 아무런 감정도 들어있지 않았다. 아주 냉담한 것이었다.

결국 참을 수 없어졌다. O도 곧 돌아갈 거라고 생각하고 나는 6월 9일에 집으로 갔다.

O는 그동안 쭉 지인의 집 따위에는 가지 않았던 것 같다. 집으로 돌아갈 생각도 어느샌가 없어졌다. 왜 출발을 미룬 것인지 내게는 말도 하지 않았다.

아내는 또, 대접이 소홀하다는 소리를 듣지 않도록 정성껏 보살폈습니다, 라고 한다.

내가 보기에도 아내는 나의 귀가를 그다지 기뻐하지 않았다. 내가 돌아와도 아내에게는 별다를 게 없다는 식이었다. 생각지도 못했던 일이다. 어머니는 나의 귀가를 대단히 기뻐하셨다. 어머니와 아내의 차이가 더욱 나를 놀라게 했다.

내가 없는 사이에 나와 아내를 대하는 O의 태도는 눈에 띄게 변해 있었다. 나에게는 냉담해졌고 아내에게는 더욱 허물이 없어졌다. 한 번도 스스로 말하지는 않지만 아내는 손님이 대단히 마음에 드는 것이 분명하다.

예전에 O가 오기 전에 아내는 매일 밤 서재에서 내 옆에 앉아 일을 방해했다. O가 오고 나서는 O가 집에 없으면 내내 O에 관한 말만 하고 O가 집에 있으면 일부러 몇 번이나 차를 가지고 가서 언제까지고 이야기를 하고 있다. 한편 나에 대해서는 냉담하기만 하다. 가즈사上総에서 돌아오고 나서부터는 특히 심하다.

아내는 나에게는 눈에 띄게 냉담해지고 O에게는 눈에 띄게 허물이 없어졌다. ……가즈사에서 돌아오고 나서부터 나는 그것을 깨달았다.

내가 몇 번이고 책을 내던진 것은 아내의 냉담한 태도가 거슬렸기 때문이다.

25일? 23일?

아내는 한 시간 반 넘게 O의 옆에 앉아 있었다.(10시 반부터 12시 15분까지)

아내가 나에게로 왔을 때 나는 일부러 자는 척을 했다.

아내는 모기장을 치려고 했다.

모기장의 가장자리가 내 얼굴에 닿았다. 나는 잠을 깬 척을 했다.

아내는 나에게 한마디도 하지 않고 바로 등을 돌리고 잤다. 나도 잠자코 있었다. 아내는 잠이 든 것 같았지만 나는 잠들 수 없었다. 아침까지 뜬눈으로 지새웠다.

7월 2일

27일? 밤에 나는 아내에게 말했다. 당신은 확실히 O를 좋아하고 O도 당신을 좋아한다, 당신에게 어울리는 남편은 내가 아니고 O다, 내게 온 것은 당신의 실수였다, 나도 마찬가지다. 그러자 아내는 그저, 이제 그런 말씀은 마시고 예전처럼 '사이좋게' 지내요, 라는 말만 했다.

그래놓고 아내는 여전히 O의 곁에 오랫동안 앉아 있다. 내가 둘의 관계에 관해 말한 것을 인지하고 있으면서도 아내는 이 모양이다.

둘이서 나를 현관까지 배웅할 때에는 내 가슴이 미어지는 것 같다. O는 정면에 서 있다. 아내는 그 발밑에 무릎을 꿇고 있다. 그렇게 두 사람은 함께 나에게 인사한다. 게다가 나는 억지로라도 "이틀 지나면 일이 정리될 거네. 저쪽에도 들르게"라고 말해야 했다.

두 사람의 모습을 보고 있으면 왠지 이쪽이 손님이고 상대방이 주인같이 여겨진다. 그래서 그런 어설픈 태도도 자연스레 나오는 것이다.

7월 2일
O는 다섯 시쯤 돌아왔다.

거의 내가 나가기 직전까지 아래층에 나와 함께 있었다.

나를 대하는 O의 태도에는 별반 특별한 것도 없었지만 두 사람을 보고 있는 나는 O가 아내와 둘만 있을 때는 항상 활기차게 말하면서도 내가 있으면 과묵해져 버린다고 생각했다.

어쨌든 대체로 느낌은 좋았다. 아내는 대체로 O에 대해서 거리낌 없이 행동하고 있었다. 내 눈앞에서 아내는 O의 '옷깃'까지 고쳐 주었다.

나는 아내에게, 어머니가 불쾌한 내색을 하셔도 괜찮으니까 당신은 열심히 O를 보살펴 달라, 고 일부러 부탁했다.

게다가 아내는 어머니에 대해 불평을 할 때 O의 흉도 볼만 한데 그러지 않았다. 나는 그것이 이상하게 여겨졌다. 마치 어머니만 나쁜 사람인 것처럼 들린다.

그런데 사실 어머니에게도 얼마쯤은 할 말이 있다.

아내는 또, 내가 밤에 O의 곁에 앉아 있어도 어머니는 기분 나빠하지 않아요, 라고 말했다.

O는 내가 있으면 좀처럼 웃지 않지만 아내와 함께 시간을 보내면 둘이서 시종 웃는다. 아내는 말한다. 2층에서 내 웃음소리가 나면 어머니는 내가 2층에서 게으름을 피우고 있다고 곧바로 생각하시는 거예요, 라고.

7월 2일

저녁 식사를 위해 귀가.

어머니는 어제 저녁 8시 반쯤에 귀가하시고 O는 4시 반쯤에 돌아왔다는 것을 알게 되었다. 아이들은 6시 반쯤에 잤기 때문에 아마 2시간 정도는 둘만 있었던 셈이 된다.

아내는 어머니의 수법을 하소연하며 말한다. 오늘 아침인지 그저께인지 기억나지 않지만 아내가 O의 방에 잠시 앉아 O의 바지를 꿰매고 있자 어머니가 하던 일을 끝내면 잠시 와보라고 했다.

아내는 O의 앞에서 대단히 당황했다. 더욱이 아내의 말로는 어머니가 돌보아주지 않았기 때문에 아기가 계속 울음을 그치지 않아서 O가 자신이 아이들을 봐주는 게 낫겠다고 했다고 한다. 그래서 아내는 또다시 많이 부끄러웠다고 했다.

아내는 말한다. 어머니는 내가 '호기심에 취해' 저 사람을 보살피고 있다고 생각하시겠죠? 어머니의 생각으로는 친절 같은 것은 쓸데없는 것이겠죠…….

아내는 또 말했다. 마침 내가 시골집으로 옮긴 27일 밤부터 월경이 시작되어서 그것이 아직 끝나지 않았다고. 하지만 출혈은 내가 옮기기 전 며칠간 계속되었고 옮기는 전날, 즉 26일에 멈췄다. 이상하다.

내가 시골에서 집으로 돌아오자 아내는 갑자기 폐병환자처럼 기침을 하기 시작했다.

O도 끊임없이 기침을 하고 있다. 인후병이다.

이 두 사실을 비교하고서 나는…… 하긴 내가 틀렸을지도 모른다. 기침은 기침이라도 아내의 기침과 O의 기침은 다르니까.

편지

아내는 요코야마橫山에게는 다른 태도를 취하고 있다.

내가 아내를 뭔가로 꾸짖으면 O는 그것을 감쌌다.

6월 27일

내일은 무슨 일이 있어도 작업실에 갈 거라고 아내에게 일렀다.

아내는 내 말을 아무렇지 않은 얼굴로 들었다. 내가 다소 망설이고 있자 아내는 어차피 그렇게 해야 하니까 결정한 일은 빨리 실행하는 것이 낫다고 했다.

2층에 가서 이야기하자 O는 그러냐고 말했을 뿐이다.

아내도 올라왔다. O는 나보다도 아내와 더 많이 이야기를 했다. 아내가 아기 울음소리를 듣고 내려가자 우리 두 사람은 집요하게 침묵했다. 두 사람 모두에게 거북한 이 침묵을 깬 것은 내 쪽이었던 것 같다.

나는 자려고 아래층으로 내려갔다. 다다미¹ 6칸짜리 방의 작은 램프가 아직 꺼지지 않은 것을 깨닫고서 아내에게 다시 일어날 건지 물었다. 아내는, O에게 달리 해줄 것도 없어서 일어나지 않을 거예요, 램프를 꺼주세요, 라고 했다. 나는 아내로부터 그런 대답을 듣자 심술 같은 이상한 감정에 사로잡혀, O는 아직 차를 마시고 싶을지도 모르니까 한잔 가지고 가서 주는 게 좋겠다, 고 말했다.

그리고 잠시 후 아내는 일어나 O에게 차를 가지고 갔다. 11시쯤이다.

갔는데 좀처럼 돌아오지 않는다. 처음에는 둘의 대화 소리가 들렸다. 이윽고 그것이 자주 끊겨졌다. 즉 대화가 활기를 띠지 않는다.

12시가 지나서 아기가 울기 시작했다. 아내는 그제서야 돌아왔다. 40분 정도 O와 있었던 셈이다.

그리고 나서 아이가 다시 잠들었다. 나와 아내 사이에 대단히 주목할 만한 대화가 오갔다.

아내와의 대화
27일 밤, 아내와 주목할 만한 대화. 콩 이야기.

28일?
아내가 아이들을 데리고 온다.
시트의 붉은 얼룩이 미심쩍어 보인다.
아내는 그것을 갈러 온 것이다.
내가 오늘 이사하는 것을 알고 있을 텐데 아내는 나를 기다리지 않고 아기를 데리고 머리를 하러 갔다.
나는 아내가 집을 비운 사이에 이사를 했다.
잠이 안 왔다. 밤새 O와 아내를 생각했다.

29일
아침에 모기장을 사 달라고 하려고 귀가했다.
아내가 모기장을 가지고 왔다.
아내는, O는 어제 밤늦게 돌아와서 바로 잠자리에 들었어요, 나는 자지 않고 바느질을 하면서 기다리고 있었어요. 그 전날 잘 잤기 때문에 평소와 달리 잠이 오지 않았어요, 라고 했다.

O는 아내에게 『문예구락부文芸俱樂部』를 주었다.

30일
아침에 늘 그렇듯이 책을 가지러 귀가.

점심을 먹은 후, 아내가 여러 가지 물건을 가지고 찾아왔다. O에게, 식사 준비는 언제라도 되어 있다. 게다가 조금도 사양할 것 없다, 또한 바라신다면 술도 드리겠다, 라고 말하도록 권했다.

아내에게 그렇게 말한 건 O는 돌아다니기 때문에 돈이 금방 없어져 버린다고 아내가 말해서이다. 물론 아내는 그것을 특별히 마음 쓰고 있지 않는 듯한 어조로 말했다.

정말로 관심 없는 것인지 애써 관심 없는 체를 했을 뿐인지 나는 모른다.

아내는 또, O가 일부러 나를 방문하려고 하지도 않는 것을 보면 내가 작업실로 옮긴 것이 O의 기분을 상하게 한 것은 아닌가, 라는 우려를 표했다. 나는 날 위해 아무쪼록 O에게 잘해주라고 말했다. ……그리고 왜 그런지 짓궂은 감정을 느꼈다.

밤에 O가 찾아왔다.

O는 석등을 살 사람을 찾았다고 처음으로 나에게 알렸다.

나는 O가 결국에는 아내에 관해 언급하도록 대화를 이끌었다.

아내가 끊임없이 O를 걱정하고 있다는 것을 알려주려고 한 것이다. 그러나 아내 이야기가 나올 때마다 O는 웃으며 아무 말도 하지 않는다. 나에게는 O도 상당히 이상하고 또 미심쩍다고 여겨졌다.

27일의 대화 이후, 아내는 O 이야기가 나올 때마다 풀이 죽은 것처럼 보인다. O에 관해 여러 이야기를 하는데도 불구하고 조금도 감정을 겉으로 드러내지 않는다.

그 대화를 하기 전까지는 O가 없는 곳에서 O의 이야기를 할 때 아내는 언제나 얼굴을 빛내며 대단히 기분이 좋아 보였다. 그러나 그 이후로 아내는 그런 표정을 짓지 않는다. 나는 아내와의 친밀한 관계를 그만두기로 결심했다.

7월 1일

O는 12시 전에 귀가했는데 그 후 낮에 잠시 다녀온 가와라ヵヮラ 이야기를 했기 때문에, 1시 무렵까지 잠자리에 들지 못했다고 아내는 말했다.

아내는 또 보고했다. 오늘 아침 O는 아내를 잠시 2층 자신의 방으로 불러 바지 수선을 부탁했다. 그래서 O의 단순함을 별다른 악의도 없이 놀렸다. 아내는 O에 관해 더 많은 이야기를 했지만 특별히 비난은 하지 않았다. O는 아내에게 세탁과 바느질을 부탁했다.

어머니도 나에게 그 일을 비난하며 말했다. 어머니는, O가 오랫동안 '애 어미를 붙잡아 뒀다', 결국 나만 제일 성가시게 됐다, 고

했다.

오사다(한자를 長田라고 썼던가?)는 나에게 가까운 시일에 출발한다는 엽서를 썼다. (그 엽서를 보내지는 않았다.)

그래서 나는 다소 안심했다.

어머니는 지금부터 벌써 기뻐하고 있다.

아내는 그것을 내게 알려주었을 때 조금도 감정을 겉으로 드러내지 않았다.

어머니는 밤에 다카기高木 씨에게 갔다.

밤이 되어 비가 내렸다.

O가 어머니보다 일찍 돌아왔는지 어떤지 나는 모른다…….

비가 내리지 않았으면 나는 집으로 돌아왔을 텐데…….

아내는 자기가 언제 나에게 왔는지 기억하지 못한다. 어제였는지 그저께였는지…… 아내가 만약 나를 생각한다면 그런 일은 없을 것이다. 그것이 나를 불쾌하게 했다.

어쨌든 이날 아내는 정말이지 매우 침착했다. 아내가 내심 무엇을 생각하는지 겉모습만 봐서는 아무도 모를 것이다.

나는 O가 아내를 좋아하고 아내도 O를 좋아하니까, 둘의 관계는 당분간 그대로 계속될 거라고 다시 확신했다.

3일, 나는 종일 울었다.

4일, 아내와 부부로서의 관계를 끊을 것을 아내에게 통고했다.

5일, 아내는 절반쯤은 고백했다.

아내는 낮에 도미ト ミ를 데리고 왔다. 당신이 그렇게 스스로를 괴롭히고 있는 사실을 하나하나 침착하게 따져본다면 당신의 잘못을 알아차리지 않을까요, 라고 아내는 말한다. 나는 그렇다고도 했고 그렇지 않다고도 했다. O에 대한 아내의 태도가 여전히 내가 상상하고 있는 것과 같은 중대한 변화를 가져오지 않았다는 의미에서는 그렇다고 할 수·있지만, 사랑의 싹이 아내의 마음속에 있다 해도 결국 아내를 의심할 수 있다는 의미에서는 그렇지 않다고 할 수 있다. 그러자 아내는 또 매우 화를 냈다. 도미는 지루해서 울기 시작했다. 아내는 돌아갔다.

밤에 아내는 혼자서 다시 와서 고백했다.

아내의 말로는 O가 하마구치浜口에게 간 날 밤늦게 귀가했다. 12시 지나서였다. 아내는 2층 O의 방에 가서 40분간(즉 1시까지) 있었다. 왜 O의 방에서 그렇게 오래 있었는지 그것은 생각나지 않는다고 아내는 말한다. 아내는 그 일을 오늘 저녁 무렵 자고 있는 아이의 얼굴을 바라보면서 생각했다.

작업실 현관에서 아내가 O와 마주쳤다. O의 얼굴을 보자 아내는 온몸에 오싹 한기를 느끼는 것 같았다.

5일, 아내의 진정한 참회.

아내는 O의 옆에 40분간 서 있었다.

시간 가는 줄 몰랐다.

아내는 O에 대해서 한 번도 분노를 느낀 적이 없다.

O는 나를 찾아오는 것을 좋아하지 않았다.

O는 왜 출발을 늦추었는지 나에게 말하지 않았다.

O는 내가 없을 때만 신나게 떠든다.

O는 다른 곳에서 머물지 않게 되었다.

O는 끊임없이 아내에게 투덜댔다.

O는 가와라에 대해 냉담해졌다.

나를 대하는 O의 냉담한 태도.

무정한 편지.

아내는 나의 귀가를 기뻐하지 않았다.

내가 없는 사이에 아내는 O와 더욱 친해졌다. ……그것이 나를
불쾌하게 했다.

(1) 끊임없이 O를 생각한다.

(2) 콩 이야기.

5월 23일 (3) 아내는 2시간 정도 O의 방에 있었다.

나를 대하는 아내의 냉담한 태도.

(4) 아내는 빨리 이사를 하도록 권했다.

(5) 내가 이사하기 전날, 아내는 또 오랜 시간 O의 방에 머물렀다.

(나와) 아내의 대화.

내가 이사하는 날 아내는 집에 없었다.

O를 대하는 아내의 허물없는 태도.

(6) 아내와의 대화, 아내의 답변.

(7) 아내와의 친밀한 관계를 끊으려는 나의 결의.

7월 1일, 아내는 어머니에 관해서만 불평하고 마치 O는 그것과 상관없다는 듯한 태도. 아내는 혼자 O를 두둔하고 그가 머무는 것을 부담이라고 느끼지 않는다.

최근

O의 일로 아내는 한 번도 불평하지 않는다.

도대체가 아내는 O가 묵는 것을 부담이라 느끼지 않는다.

아내를 의심하다

「질투하는 남편의 수기」는 아내의 불륜을 의심하며 질투하는 남편의 이야기로 후타바테이 시메이가 러시아어로 쓴 수기이다. 정확한 날짜는 적혀 있지 않고, 발표연대도 확실치 않다. 또 실제로 후타바테이 시메이의 이야기인지 아니면 지어낸 이야기인지 알 수는 없다. 하지만 일본어가 아닌 러시아어로 처음부터 썼다는 점에서 실제 후타바테이의 부부생활을 바탕으로 한 것이 아닐까 추측해본다.

질투를 쌓다

이야기는 주인공인 남편이 친구인 O를 자신의 집에 묵게 하면서부터 시작된다. 처음에는 다른 사람이 집에 머무는 것이 불편하다고 꺼리던 아내는 시간이 지날수록 그런 상황에 적응을 해간다. 하지만 그런 아내를 보며 남편은 아내가 바람을 피웠을지도 모른다고 의심하게 된다. 그렇다고 드러내놓고 자기의 생각을 밝히지도 않고 말리지도 않는다. 오히려 어떻게 되는지 보자는 식으로 아내와 O가 둘이서만 시간을 가질 수 있도록 내버려 둔다. 그러면서도 계속해서 의심을 하고 아내에게 실망하기도 한다. 질투는 느끼지만 감정을 직접적으로 드러내지는 않는다.

남편은 아내를 집요하게 관찰한다. 아내가 내 친구를 좋아하는 구나, 내 친구도 내 아내를 좋아하는구나, 라고 생각한다. 그리고 아내에게 하는 말이 당신은 O와 결혼했어야 했다는 식이다. 아내 의 말을 들어보거나 사실을 확인하고 그만두라거나 하지 않는다. 오히려 아내를 시험하며 더 부추긴다. 어쩌면 현실보다 남편의 마 음속에서 O와 아내는 날마다 가까워져 갔다. 아내가 O와 가까워 지는지 어떤지를 시험하는 기분으로 남편의 부추김은 계속된다. 남편은 계속 생각한다. 아내는 나보다 O와 더 많은 시간을 보낸다, 아내는 나보다 O와 더 많이 대화한다, 아내는 나보다 O를 더 많이 신경 쓴다.

남편이 자기가 아닌 다른 남자를 신경 쓰는 아내가 거슬린다면 친구를 집에서 나가게 하면 그만이다. 하지만 남편은 두 사람을 주 시한다. 남편은 말로라도 친구에게 그렇게 잘해주지 말라거나, 싫 다고 말하지 않는다. 오히려 더 잘해주라고 채근하면서 그저 감정 적으로 질투를 느낄 뿐이다. 그리고 그 질투를 날이 갈수록 쌓아간 다. 이 남편이 질투라는 감정을 드러내는 것은 자신이 쓰고 있는 수기가 전부이다.

질투를 위한 질투

톨스토이의 「크로이체르 소나타Крейцерова соната」1890라는 소설 이 있다. 주인공이 기차 안에서 승객들과 부부생활, 결혼과 이혼에 대해 이야기를 나누다, 포즈드니세프라는 공작이 자신이 아내를 질투해 살해했다고 고백하는 이야기를 듣는다는 내용이다. 포즈드니세프 공작은 결혼 전에는 자유로이 성적 욕망을 채우는 평범한 남성이었지만, 결혼 후에는 아내만을 사랑했다. 하지만 아내는 5명의 아이를 낳으면서 지쳐가고, 그런 아내의 짜증, 분노에 공작 자신도 지쳐간다. 아내는 의사의 권유대로 피임을 하게 되고, 점점 아름다움을 회복하지만, 공작은 그런 아내를 질투한다. 그리고 그즈음 나타난 한 남성이 크로이체르 소나타를 아내의 피아노에 맞추어 바이올린으로 연주하는 모습을 보며 둘의 관계를 질투하게 되고, 결국 공작은 아내를 살해한다. 이 소설은 톨스토이의 성性에 관한 생각을 엿볼 수 있는 것으로 금욕적이고 절대적으로 순수한 사랑을 이상으로 삼고 있다. 톨스토이는 작품 제목으로 '크로이체르 소나타'와 '남편이 아내를 살해한 이야기'를 고려하다 '크로이체르 소나타'로 결정했다고 한다.

아리시마 다케오有島武郎의 「돌에 짓눌린 잡초石にひしがれた雑草」1917라는 소설이 있다. 외유 중에 자신의 약혼자가 다른 남자를 만난다는 사실을 알게 된 A는 다시는 그러지 않겠다는 M코의 말을 믿고 M코와 결혼한다. 하지만 M코가 여전히 그 남자를 만나고 있음을 알게 된 A는 질투한 나머지 M코를 반 미친 상태로 만들어 복수한다는 내용이다. 「돌에 짓눌린 잡초」는 A가 M코의 상대인 가토에게 남긴 쪽지 형식의 글이다.

두 작품의 남편들은 아내에게 과도하게 집착하며 의심하고 질투하고 복수한다. 그들의 복수는 사랑이라는 미명하에 이루어진 것이다. 한편 「질투하는 남편의 수기」도 제목처럼 질투하는 남편의 이야기이긴 하지만 앞의 두 작품과 다른 점이라면 아내에게 복수하지 않는다는 것이다. 아내를 의심하면서도 그가 보여주는 담담함은 아내의 불륜이 설령 사실이라 해도 그는 괴로워하지 않을 것임을 암시하고 있는 것 같다. 남편의 질투는 애매모호하기만 하다. 질투를 한다면 으레 하게 마련인 행동이 그에게 보이지 않는다.

「크로이체르 소나타」에서 남편은 이런 말을 한다. '그들은 내가 아내를 10월 5일 칼로 살해했다고 생각합니다. 내가 아내를 살해한 것은 그날이 아니에요. 훨씬 전입니다. 사람들은 지금도 죽이고 있지 않습니까?'라고 말이다. 누군가를 미워하는 데에는 여러 이유가 있겠지만, 질투라는 감정이 동반되는 미움은 그 자체가 힘들고 아프다.

그러나 「질투하는 남편의 수기」의 남편은 질투하지만 분노도 복수도 하지 않는다. 겉으로 분노를 드러내지는 않았지만 그도 실은 날마다 아내를 죽이고 있었을까? 어쩌면 그는 질투를 위한 질투를 계속 반복하고 있었던 것은 아닐까? 그에게 질투란 괴로운 감정이 아니라 그가 살아가는 데 새로운 동기를 부여하는 어떤 것이 아니었을까? 「질투하는 남편의 수기」를 읽으면 읽을수록 이런 의문들이 떠오르는 것은 그의 질투가 다른 남편들의 질투와 양상이 많이 다르기 때문이다. 그는 오히려 질투라는 감정을 즐기고 있는 것은 아닐까? 그래서 친구와 아내 관계를 통해 자기 내면에서 질투란 감정을 일부러 끄집어내려고 했던 것은 아닐까? 라는 생각도 든다. 아내를 죽이고, 또는 아내를 반죽음 상태로 내몬 「크로이체르 소나타」나 「돌에 짓눌린 잡초」의 남편들은 아내로 인해 아파하는 남편들이었다. 「질투하는 남편의 수기」의 남편은 담담하게 사실을 받아들이며 오히려 더 큰 자극을 위해 아내를 내몰았다. 질투를 위한 질투였다.

女作者

여작가

다무라 도시코

田村俊子

다무라 도시코 田村俊子, 1884~1945

다무라 도시코는 도쿄에서 태어났으며 본명은 사토 도시(佐藤とし)이다. 다무라라는 성은 1909년에 작가인 다무라 쇼교(田村松魚)와 결혼하면서 얻은 것으로 결혼생활 중에 작가로 데뷔하여 다무라 쇼교와 이혼하고 난 후에도 이름을 바꾸지 않고 다무라 도시코의 이름으로 활동을 계속하였다.

다무라 도시코는 여학교 시절부터 작가를 지망하여 당대의 유명한 작가였던 고다 로한(幸田露伴)의 문하에 들어가 작가로서 발판을 다졌다. 정식으로 문단에 데뷔한 것은 1911년 『오사카아사히신문(大阪朝日新聞)』이 주최한 현상소설공모에 「체념(あきらめ)」으로 당선되면서였다. 근대에 활동한 일본 여성작가 중에서 가장 도발적인 작품을 썼다고 일컬어지는 다무라 도시코는 「선혈(生血)」(1911)이나 「포락지형(炮烙の刑)」(1914) 등을 통해 여성에게 씌워진 인습이나 억압에 대해 정면으로 대항하면서 여성의 일과 성(性), 정념을 과감하게 표현했다. 그녀의 소설은 냄새나 촉각 등의 감각을 이용하여 인물의 감정과 의식을 선명하게 포착해내는 것이 특징이라 할 수 있다.

자유분방하고 도발적인 작품을 써온 다무라 도시코는 자신의 인생 또한 그렇게 살았다. 쇼교와 이혼하고 유부남이었던 신문기자를 따라 캐나다로 이주하거나 같은 여성작가인 사타 이네코(佐多稲子)의 남편이자 열아홉 살 연하였던 구보쓰카 쓰루지로(窪川鶴次郎)와 불륜을 저지르는 등 파란만장한 인생을 보냈다. 말년에는 일본을 벗어나 중국 상하이(上海)로 거점을 옮겨 활동하던 중 뇌일혈로 일본으로 돌아오지 못하고 상하이에서 숨을 거두었다.

여작가

나는 나야.

私は私なんですもの。

이 여작가의 머릿속은 지금까지 모자란 힘을 있는 대로 짜내고 또 짜낸 찌꺼기로 가득 차 있다. 그래서 더 이상 아무리 이 주머니를 쥐어짜 봐도 살이 붙은 말 한마디 나오지 않을뿐더러 피 냄새나는 단어 하나도 삐져나오지 않을 것 같다. 연말이 다 되어 부탁받은 원고를 이리저리 들쑤시며 힘겨워하다가 이렇게 매일 책상 앞에 앉아서는 원고지 칸 안에 꽃무늬를 그려 넣거나 아지랑이 같은 것을 그리면서 낙서만 하고 있다.

여작가가 화로를 옆에 두고 단정히 앉아 있는 곳은 2층의 작은 정사각형 방이다. 창문 밖에서 긁어대는 듯한 거친 바람이 휘몰아치는 날도 있지만 때로는 생기도 없고 윤기도 없는 부연 햇빛이, 쫓아내면 사라질 듯이 하늘거리며 열린 문밖에서 안을 들여다보는 것 같은 나른한 날도 있다. 그럴 때의 하늘빛은 뭔가 어떤 색이

섞인 것처럼, 불투명해서 밑바닥이 보이지 않는 빛깔을 띠고 있다. 마치 하늘은 겨울이라는 권위 앞에 완전히 알몸이 되어 웅크리고 있는 숲속 큰 나무의 몰골을 보고 미소 짓고 있는 것처럼 온화하고 조용하게 부풀어 올라 개어 있다. 그래서 이 하늘을 가만히 바라보고 있는 여작가의 얼굴 위로도 밝은 미소의 그림자를 드리워준다. 여작가는 이럴 때의 하늘이 어쩐지 자기가 좋아하는 사람의 미소와 닮았다고 느꼈다. 영리해 보이는 동그란 눈의 속눈썹에 여태껏 한 번도 조롱하는 빛을 띠운 적 없는 너그럽고 관대한 남자의 미소와 닮은 것처럼 느껴지는 것이었다.

여작가는 생각지도 않게 그리운 사람에게 옷깃을 잡힌 것 같은 기분에 눈을 크게 뜨고 그 미소 띤 입가에 자신의 마음을 한가득 머금었다. 그러고 나니 절로 여작가의 가슴 속에서는 자기가 좋아하는 사람에 대한 어떤 느낌이 화장솔이 피부에 닿는 것과 같은 부드러운 자극으로 다가왔다. 그 느낌은 마치 하얀 비단에 덧대어진 청잿빛 천의 단면이 어렴풋이 비쳐 보이는 것처럼 기품 있고 시원하면서 예스러운 냄새를 품고 있어 마음이 끌리는 그런 느낌이다. 그러자 이 여작가는 될 수 있는 대로 그 감각을 변덕스러운 놀잇감으로 삼으려고 가만히 눈을 감고서 그 눈동자 깊은 곳에 좋아하는 사람의 모습을 집어넣어 보고 또 손바닥 위에 올려 잡아당겨 보거나 꽉 쥐어보기도 한다. 아니면 또 오늘의 하늘 속에 그 모습을 던져 넣고서는 저편에 세워두고 마음껏 바라보기도 한다. 이런 일을 하다 보니 원고지 칸 안에 글자를 하나하나 메워가는 것이 귀찮아졌다.

이 여작가는 언제나 분을 바르고 있었다. 벌써 서른이 다 되어 가는데도 꽤 진한 화장을 하고 있다. 아무도 보지 않을 때에는 무대화장 같은 화장을 하고서는 남몰래 기뻐하고 몸이 조금 안 좋을 때는 일부러 분을 바르고 자리에 누워 있으려고 할 정도로 화장분을 손에서 놓지 못하는 여자인 것이다. 분을 바르지 않고 있을 때에는 말로 표현할 수 없이 흉하고 노골적인 무언가를 몸에 걸치고 있는 듯해서 신경이 쓰였다. 뿐만 아니라 자기 마음이 방종한 피와 살의 온기에 어리광을 부리고 있을 때처럼 자연스레 기분이 탁 풀어지지 못하는 것이 괴로워서 견딜 수 없기 때문이었다. 그래서 분을 바르고 있지 않을 때는 감정이 묘하게 날이 서서 계속 '흥'이나 '칫'이라고 말하는 듯한 눈으로 보거나 그런 마음으로 사람을 대하게 되어 비뚤어지고 불쾌한 기분이 들며 교태를 잃은 짜증난 상태가 된다. 그게 이 여자에게는 무엇보다도 두려운 것이었다. 그런 이유로 자기 맨얼굴을 언제나 화장분으로 감추고 있는 것이다. 그리고 뺨이나 콧방울 옆에 발린 분이 기름에 녹아 거기에 뭔가 닿을 때마다 남모르게 풍겨오는 화장분 향기를 맡았다. 그러면서 그 화장분 향이 스며든 자신의 정서를 이리저리 변덕으로 젖어들게 하며 자기 교태에 제 마음을 애태우고 있었다.

무슨 일이 있어도 써야 하는 원고가 있는데 아무리 해도 쓸 수가 없는, 써지지 않는 조바심 나는 날에도 이 여작가는 화장을 하고 있다. 또 화장대 앞에 앉아 화장분을 개고 있을 때에 꼭 뭔가 재미

있는 이야기가 떠오르는 것이 버릇처럼 되어 있기 때문이기도 했다. 물에 갠 화장분이 손가락 끝에 차게 닿을 때 새로운 무언가가 마음에 닿는 것을 이 여작가는 느낄 수 있다. 그리하여 그 분을 얼굴에 칠하는 사이에 점차 생각이 엮여져 가는 — 이런 일 또한 자주 있었다. 이 여자가 쓰는 글은 대개 화장분 속에서 태어난 것이다. 그래서 언제나 화장분의 역한 냄새가 배어 있다.

하지만 요즘은 아무리 분을 발라도 쓸 말이 하나도 생각나지 않는다. 피부가 거칠어 화장이 갈라져서 그 피부 아래에 미지근한 피가 소용돌이치고 있다는 느낌조차 들지 않는다. 그저 피가 거꾸로 솟아 눈이 충혈되어 옴팡눈처럼 작아지고 뺨이 설탕공예로 만든 너구리처럼 부풀어 오를 뿐이다. 그래서 어디에도 본래 모습이 없다. 단지 쓸 말이 없다거나 글이 써지지 않는다는 사실만으로 가슴이 메인다. 귀에서 목덜미 주위로 거미 다리 같은 가늘고 긴 손톱을 가진 보들한 손이 몇 개고 달려 있는 것 같은, 소름 끼치게 징그러워 견딜 수 없는 생각이 들어 숨조차 끊어질 것 같다. 그래서 오늘 아침에 이 여작가는 자기 남편 앞에서 끝내 울음을 터뜨리고 말았다.

"이렇게 난처한 일은 없을 거야. 난 어디론가 도망칠 거예요. 나중에 당신이 잘 얘기해 줄 거잖아요. 난 이제 무슨 짓을 한다 해도 한 장도 쓰지 못할 테니까."

그러자 화로 앞에서 담배를 피고 있던 남편은 잠시 대답을 하지 않고 있다가 이윽고 "난 몰라"라고 말했다. 그건 어찌 봐도 아이처럼 딴전을 부리는 말 같았다. 여작가에게는 남편의 모습이, 언제나 내 일은 내가 하지 남의 신세는 안 진다고 말하던 입은 어디에 갖다버리고 왔냐고 하면서 정말로 하찮은 보복을 가슴에 간직한 채 뚱하게 있지도 않은 턱을 내밀고 있는 것처럼 보였다. 그 모습을 본 여작가는 갑자기 자기의 얼굴살이 떨어져 나가 뼈만 드러나 있는 듯이 느껴졌다. 하지만 곧장 멀리까지 쭉 뻗어나갈 것 같은 망설임 없는 목소리로 "뭐라고 했어요?"라고 하며 남편 쪽을 가만히 바라봤다.

"난 모른다고 했잖아. 뭐 하는 거야. 올해 들어 원고를 얼만큼이나 썼어? 올 한 해 동안 몇백 장이나 글을 썼냐고. 이제 쓸 게 없다니 넌 어차피 글렀어. 내가 원고를 쓴다면 오늘 하루에 사오십 장은 써 보이겠어. 뭐라도 쓸 게 있을 거잖아. 여기저기에 쓸 거리가 널려 있구만. 사람들이 살아가는 이야기라도 쓰면 되잖아. 예를 들면 옆집 형제가 싸우고 동생이 집을 가로채서 형을 집에 못 들어오게 한 일이라도 금방 글로 쓸 수 있다고. 여자들은 글러 먹었어. 열 장이나 스무 장짜리 글을 쓰는 데 몇백 장이나 썼다 지우고 한다고. 그리곤 그만한 일에 십 일, 십오 일이 걸린단 말이지. 넌 참 대단한 여자가 틀림없어."

마당에 깔린 돌 위를 싸구려 굽이 달린 게타ゲタ를 신고 달려 나갈 때와 같은 괴상함이 남자의 목소리에 가끔 섞여드는 가운데 남자는 쏟아내듯이 이렇게 말을 이어갔다. 여작가의 얼굴은 눈이 동그래져 감에 따라 눈썹이 점점 위로 솟아 올라갔는데 울음은커녕 실소가 터져 나왔다.

"아, 그래요? 그래도 글쓰는 사람이었던 당신이 그렇게 이야길 하니 황송해서 몸 둘 바를 모르겠네요."

여작가는 팔짱을 끼고 자기 옷자락 끝을 차면서 방안을 부산스레 걸어 다녔다. 흘린 눈물이 눈가에 맺혀 서늘하다. 전신거울 앞을 옆으로 가로지를 때 자기가 뛰어다니는 모습이 마치 셔틀콕이 왔다 갔다 하는 것처럼 슬쩍슬쩍 비친다. 여작가는 자기 옷자락 끝이 펄럭이면서 옷감 색이 뒤섞이는 모양을 즐기는 듯이 거울 앞에 가면 일부러 옷자락을 들썩거리며 바라보고 있었다. 그러다 문득 왠지 끝까지 집요하게 괴롭혀 주고 싶은 생각이 들면서 자기 몸속 어딘가의 일부분이 꽉 수축하는 것처럼 안달 난 기분이 되었다. 여작가는 남편 쪽으로 가서는 갑자기 그 앞에 잇몸을 드러낸 입을 들이대면서 주먹 쥔 가운뎃손가락의 가운뎃마디로 그 이마를 딱하고 쥐어박았다.

남편은 태연했다.

"못난아, 못난아. 한 많은 여자 귀신이 왔다." 그런 말을 해도 남편은 대꾸가 없다. 여작가가 자기 무릎으로 남편의 등을 찍어 누르자 화로 앞에 한쪽 무릎을 세우고 앉아 있던 남편이 옆으로 쓰러졌지만 바로 다시 일어나 작은 상자 모양의 나무 화로에 달라붙듯이 앉아 말없이 양손을 쬐고 있다.

"야, 야, 야."

여작가는 낮은 목소리로 그렇게 말하며 이번에는 자기 남편의 멱살을 잡고 뒤로 넘어뜨렸다.

"벌거숭이가 되어라. 벌거숭이가 되어 버려"라고 말하면서 겉옷과 안에 입는 옷을 모두 힘껏 벗겨 내려고 했다. 남편이 그 손을 밀어내자 여작가는 다시 남자의 입술 안으로 손을 넣어 찢어발길 듯이 그 입술을 잡아당겼다. 입안의 젖은 온기가 그 손가락 끝으로 가만히 전해져 왔을 때 여작가의 머릿속에는 이 남편의 새끼손가락 끝에 닿아서 자기의 몸과 살이 다 풀리는 순간의 어떤 번뜩임이 획 스쳐 지나갔다. 그런가 싶더니 여작가는 물건을 움켜쥐고 찌부러뜨릴 정도의 힘으로 갑자기 남편 볼을 꼬집었다.

이런 여자의 병적인 발작이 익숙한 남편은 또 시작이냐는 듯한 얼굴로 끈덕지게 입을 다물고 있다. 속으로는 '이 얼마나 사나운 여자냐 말이야'라고 생각하면서도 가만히 내버려 두듯이 입을 다물고 아무 말 없이 있었다.

여작가는 한 번 더 그 머리를 쥐어박고는 다시 이 층으로 올라왔다. 입술연지를 녹인 듯한 화로 속의 불빛이 재를 뒤집어써서 군데군데 석류의 속을 벌린 것처럼 무너진 틈새로 아지랑이가 피어오르고 있었다. 매화 모양의 자개를 넣고 옻칠을 한 책상 앞에 앉자 마치 피를 있는 대로 모조리 빼낸 뒤처럼 몸이 축 늘어진다. 그리고 너무나도 슬퍼져서 눈물이 흘러내렸다.

'어쩌면 이리도 몹쓸 여자인 걸까.'

울고 있는 가슴 속으로는 이런 말을 되풀이하고 있었다.

친구들을 다 통틀어 봐도 자기만큼 쓸모없는 사람은 없다고 이 여작가는 생각했다. 특히 이삼일 전에 평소와는 달리 새침 부리며 찾아온 어느 친구가 생각났다. 그 여자는 가까운 시일 안에 별거 결혼을 할 거라고 말하고 갔다. 너무나 사랑하는 한 남자와 결혼하기로 했지만 같이 살지는 않는 결혼을 한다고 했다. 그리고 평생을 떨어져 살면서 사랑하며 지낼 거라고 했다.

"결혼한다고 해도 난 나인걸. 나는 나야. 사랑이라는 것도 남을 위해서 하는 사랑이 아니라구. 나 자신의 사랑인걸. 나 자신의 사랑이야."

덧니를 내보이면서 그 여자는 여작가에게 이렇게 말했다. 여작가는 이 여자의 말에 압도되어 얼마간 잠자코 있었다.

"넌 괴롭다느니 뭐니 해도 체념한 채 살아갈 수 있는 사람이니까 괜찮아. 넌 마음이 괴롭다고 해도 정해진 틀 속에서 체념한 채 살아가는 사람이 된걸. 난 어떤 상황에서도 자기 자신이라는 존재를 버릴 수 없어. 나는 나야. 그 사람을 만나고 싶으면 만날 거고 만나고 싶지 않다면 안 만날 거야."

"그치만 넌 매일 결혼할 사람에 대해 계속 생각하고 있잖아. 생각이 나지 않을 수가 없잖아."

여작가는 눈이 촉촉해지며 이렇게 물어봤다. 이 여자는 단순히 "응"이라고 대답하고 새끼손가락을 세운 손으로 귤껍질을 까고 있었다.

"나만큼 주체성이란 걸 갖지 못한 여자도 없을 거야. 오른쪽으로 당겨지면 오른쪽으로 쏠리고 왼쪽으로도 마찬가지지. 어쩌면 이리도 줏대 없이 굼뜬 여자인지.”

“그렇지도 않아. 지금 뭔가의 반동으로 그런 말을 하는 거잖아.”

이 여자는 그렇게 말하며 귤 한쪽을 입에 넣었다.

“난 나 자신으로 살아갈 거니까. 나 자신이란 역시 내 예술이라고 할 수 있지. 내 예술로 살아간다는 건 역시 나 자신으로 살아간다는 거야.”

“난 자살이라도 하고 싶을 만큼 괴로워. 뭘 의지하며 살면 좋을지 모르겠는걸. 뭔가에 정신없이 매달리지 않으면 안 될 것 같은 기분이 드는데 무엇에 어떻게 매달리면 좋을지 모르겠어. 종교 같은 것도 생각하긴 하지. 그렇다면 차라리 그쪽 길을 걷는 사람이 되어버릴까 싶은 생각도 들어.”

“니도 많이 생각해봤지만 난 이제 니 자신으로 살아가는 수밖에 없다고 마음을 먹었어. 난 나 자신으로 살아갈 거야.”

이 여자는 그렇게 말하며 사랑하는 남자의 검은 망토를 입고 돌아갔다.

이 여작가는 진작부터 혼자서 생활하는 것도 생각하고 있었다. 혼자가 되고 싶다, 혼자가 되자는 생각이 시종 마음을 들쑤신다. 하지만 이 여작가는 혼자가 될 수 없다. 혼자만의 생활로 돌아간다는 것이 이 여작가에게는 도저히 불가능한 일이었다.

“그렇다면 왜 결혼을 한 거야.”

그때도 친구는 여작가에게 이렇게 말했다.

“그 사람은 내 첫사랑인걸.”

"그럼 별도리가 없네."

뭔가 하고 싶은 말이 남아 있는 듯한 기분이 들면서도 이 여작가는 웃는 것 말고는 할 수 있는 일이 없었다.

첫사랑 — 그건 이 여작가가 열아홉 때의 일이었다. 첫사랑이라기보다는 이 여작가의 난잡한 성적 감정이 어느 한 젊은 남자를 포착해낸 것에 지나지 않는 것이었을지도 모르겠다. 하지만 그 무렵 이 젊은 남자가 별생각 없이 튕겨낸 마음속 꽃봉오리의 파편은 아직도 사랑스럽게 가슴 한구석에서 그 모습을 지키고 있었다. 지금 이 여작가가 남자에 대해 가지고 있는 따뜻함은 그 파편 속에서부터 배어 나오는 한 방울의 눈물로부터 비롯된 것이었다. 이 한 방울은 여작가가 생을 마칠 때까지 끊임없이 계속 배어 나올 것이 틀림없다. 혼자가 되려고 할 때나 이혼하려고 할 때 그 한 방울의 물기는 남자에 대한 추억이 되어서 또다시 그 남자에게 끌리게 하는 애착의 실마리가 될 것이 틀림없다.

여작가는 그 여자 친구에게 이런 얘기는 하지 않았다. 그리고 여자 친구는 육욕이라는 것을 절대적으로 멀리하는 부부를 만들고자 하는 것 같았다. 동정녀 기질이라고 부르고도 싶은 그런 친구의 생각에 이 여작가의 가슴은 갑갑해졌다. 여작가는 친구가 사랑하는 상대가 어떤 사람인지는 몰랐다. 새로운 예술가라는 사실만 소문으로 들어서 알고 있었다. — 한 해가 더 지나면 그 여자는 내 앞에 와서 어떤 얘기를 할까. 여작가는 그렇게 생각해보기도 했지만 자기 자신으로 살아간다는 것을 아주 그럴싸하게 해석해서 굳센

자아라는 걸 보여주려고 했던 그 친구의 모습에 위협을 느낄 정도로 지금 이 여작가의 마음은 무르고 무기력한 상태이다.

여작가는 제정신으로 돌아오자 아무것도 적히지 않은 원고지에 눈을 바싹 갖다 대었다. 뭔가 써야 해. 뭘 쓰지…

"넌 글렀어."

아까 이렇게 말했던 남편의 말이 문득 가슴 속에 떠올랐다. 어째서 그때 자신은 웃고 만 것일까. 그게 아무리 멍청한 말이었다고 해도 좀 더 뭐라고 대거리를 했으면 좋았을 텐데 하는 반항심이 불쑥 끓어올랐다.

"글러 먹은 여자가 뭐 어때서."

이런 말을 하면서 다시 덤벼들고 싶은 기분이 들었다. 뭐라도 좋으니 지기감정을 다섯 개의 손가락으로 쥐어뜯는 일이 일어나길 원했다. 저 남자를 더 괴롭혀줘야겠어. 여작가는 그런 생각도 했다.

아무리 진한 냄새가 나는 물기를 내뿜어 봐도 그 남자의 마음은 숫돌처럼 곧바로 어딘가로 그 물기를 빨아들여 버리고 난 뒤 건조하고 매끄러운 표면을 보여줄 뿐이다.

"난 당신과 헤어질 거예요."

이렇게 말하면 그 남자는 틀림없이 "그렇군"이라고 대답할 것이다.

"난 역시 당신이 좋아"라고 하면 "그래" 하고 대답을 할 것 같은 남자다. 자기 눈앞을 스쳐 지나는 것 하나하나에 대해서도, 자기 마음속으로 스며드는 한 사람 한 사람의 감정에 대해서도 이 남자는 자기 자신이라는 존재 위에서 모든 것을 미끄러지게 만들어도 아무렇지도 않다. 이 남자의 몸속에는 톱밥이 들어있다. 삶의 하나 하나를 부어 넣고서 그걸 머금고 있는 피는 맥박이 끊어져 있는 것이다. 여작가는 그런 생각이 들자 일부러 아래로 내려가 상대를 하는 것도 부질없다고 느껴졌다.

오늘은 비가 왔다가 그쳤다가 한다. 빗소리는 들리지 않고 그저 물방울 소리가 똑똑 울리고 있다. 바람의 떨림이 장지문 종이의 틈새를 통통거리며 놀리고 있다. 비가 오는 날에 놀러 가자고 약속한 사람이 있었지 하고 이 여작가는 문득 생각했지만 그 생각은 아무 흥미도 불러일으키지 못하고 곧 쓱 하고 사라져 버렸다. 자기가 좋아하는 여배우가 나타나 무대 위에서 무채 무침을 만들고 있었다. 손이 시린 듯이 빨갰다. 그 손을 꽉 잡고서 입술의 온기로 따뜻하게 만들어 주고 싶다.

일과 결혼, 자아의 트라이앵글 속에서 부유하는 여자

「여작가」는 1913년 1월 잡지 『신초新潮』에 발표된 다무라 도시코의 초기작품으로 발표 당시에는 「노는 여자遊女」라는 제목으로 발표되었다. 이 소설에 그려진 일과 생활 양쪽에서 수세에 몰린 여작가는 결혼 후에 작가로서 커리어를 쌓아가던 당시의 작가 자신을 연상시키기도 한다.

일과 결혼, 자아라는 트라이앵글

소설 「여작가」는 근대를 살아가는 한 여자의 방황기이다. 「여작가」는 마감에 몰린 한 여성작가가 마주한 어느 날을 여작가의 의식을 따라가며 적고 있다. 마감이 다 되었는 데도 글을 쓰지 못한 여작가는 책상 위의 원고지를 앞에 두고 창밖의 하늘을 보며 좋아하는 사람을 떠올리다가 남편에게 가서 투정을 부리며 발작을 일으키고 다시 책상 앞에 앉아 생각에 빠진다. 출구를 찾지 못하고 꽉 막힌 곳에 다다른 여자의 생각은 일과 결혼과 자기 자신이라는 세 꼭짓점을 오간다.

글을 전혀 쓰지 못하겠다고 우는소리를 하는 여작가에게 남편은 "여자들은 글러 먹었다"며 비난한다. 여작가 또한 자신을 "몹쓸여자"라 칭한다. 여작가는 일을 제대로 못 해내서, 친구와 달리 줏대 없이 흔들리는 자신이 한심스러워서, 남편과의 관계 속에서 느끼는 막막함으로 괴로워하고 있다. 소설 전반에 흐르고 있는 것은 여자이자 한 사람으로 살아가는 것에 대한 불안과 회의이며 그것은 남편이나 친구의 말을 빌려 외부로부터의 비판으로 나타나기도 하고 여작가 자신을 통해 자아비판적으로 드러나기도 한다.

소설 속의 여작가는 "나 자신"으로 살아갈 것을 결심했다던 친구에게 압도당할 정도로 정신적으로 지쳐있고 무기력한 상태인데 이러한 여작가의 나약한 내면은 감추고 드러낸다는 양극단의 두 행위를 통해 표현되어 있다. 바로 화장과 발작적인 감정의 표출이다.

화장으로 자신을 감추는 여자

여작가는 늘 화장을 하고 있다. 그녀가 화장을 하는 것은 단지 남에게 보여주기 위해서 뿐만이 아니라 자신의 생활에서 빠뜨릴 수 없는 일과이며 어떤 면에서는 힘든 삶에서 여작가를 지탱해주는 존재인 것처럼도 보인다. 여작가는 화장을 하지 않으면 "말로 표현할 수 없이 흉하고 노골적인 것을 몸에 걸치고" 있는 느낌이 들며 기분이 "탁 풀어지지 못해" 고통을 느끼면서 짜증이 나는 상태가 된다. 여작가는 화장을 하지 않는 것에 대하여 감각적이고 감정적으로 거부감을 느끼고 있는데 이는 화장이 그녀 자신의 내면 속 본능적인 영역에 깊이 자리하고 있음을 보여준다.

본래 화장이란 얼굴피부에 화장분과 입술연지 등을 바름으로써 자신의 맨얼굴을 감추고 그 위에 새로운 얼굴을 덧그리는 행위이다. 우리는 흔히 '체면'이나 '얼굴을 못 들겠다', '낯이 두껍다' 등의 말을 하곤 하는데 이들 말에서 얼굴은 타인과 사회를 대하는 자신을 상징한다. 여작가에게도 역시 화장이라는 행위는 바깥세상에 보이고 싶지 않은 본모습 — 맨얼굴 — 을 감추어 주는 것이다. 하지만 자신의 본모습을 화장으로 덧씌우는 것은 외부의 시선으로부터 자신을 감추는 행위인 동시에 자기가 외면하고 싶은 추한 자신의 내면으로부터 스스로를 보호하고 위로하는 행위이기도 하다.

소설에서 화장은 여작가가 일을 하기 위해 꼭 필요한 과정으로 나타나 있다. 화장을 하며 자기 자신을 지워나가는 과정 속에서 여작가의 글은 태어나지만 그렇게 쓴 글에는 "화장품의 역한 냄새"가 배어 있다. 내가 나를 바로 바라볼 수 없는 상태에서 태어난 글에 느끼는 거부감이 후각이라는 감각을 통해 표현되어 있는 것이다.

혼자서는 살아갈 수 없는 여자

아플 때조차 화장을 하며 자기 자신을 감추려고만 하는 여작가가 가끔 자신의 밑바닥까지 드러내는 때가 있다. 그럴 때 여작자는 순간적으로 제어되지 않은 감정이 폭발하며 발작을 일으키듯이 속에 있는 응어리를 풀어낸다. 이러한 감정의 해소는 폭력적이고 신체적인 행위를 동반하며 남편을 대상으로 하고 있다.

여작가에게는 좋아하는 사람이 있다. 맑게 갠 하늘을 바라보는 것만으로 가슴속에서 살아나는 애틋한 감정이 향하는 사람, 비 오는 날 함께 놀러 가기로 약속을 나눈 사람은 같이 살고 있는 남편이 아니다. 남편 역시 글을 쓰는 사람이지만 여작가가 일로 골머리를 앓고 있을 때 남편은 그저 화로를 쬐면서 자기라면 하루에 사오십 장은 글을 쓰겠노라 말하고 있다. 이로 미루어 짐작하건대 남편은 작가이기는 하지만 현재는 일이 없이 지내는 상황일 것이다. 즉 여작가는 감정적으로도 경제적으로도 남편에게 의지하고 있지 않다. 다만 여작가는 가슴 속에 남은 첫사랑의 애틋함으로 남편을 붙잡고 있을 뿐이다. 좋아하는 사람도 따로 있고 작가로서의 일도 가진 여작가는 결혼생활에서 벗어나 충분히 자립할 수 있는 여성으로 보이지만 그녀는 혼자서 살아갈 수 없다고 말한다. 여작가가 느끼고 있는 스스로의 한계와 삶에 대한 불안함은 외부에서 유래된 것이 아니라 그녀 내면으로부터 기인한다.

마감이 다 되도록 글을 쓰지 못한 여작가는 마지막까지 한 장도 쓰지 못한 채 소설은 끝이 난다. 하지만 여작가의 원고지가 한 장도 메워지지 못한 그 시간 사이에 소설은 끊임없이 여자의 일과 결혼과 자아라는 주제에 대해 물음을 던진다. 이 셋은 떨어질 수 없는 불가분의 관계에 있으며 여작가는 그 어느 것 하나 손에 쥐고 있지 못하다. 화장으로 자신을 감추어 봐도 남편에게 모든 감정을 쏟아내 봐도 결국 여작가는 해답을 얻지 못한 채 아직도 괴로워하고 있다. 그리고 그 고통스런 생각의 끝에서 여작가는 좋아하는 여배우를 떠올린다. 무대에 올라 연기를 하면서 빨갛게 얼어붙은 손을. 그 손은 자신의 본모습을 감추고 일로써 남들 앞에서 서 있는 여성의 드러나지 않은 고통의 흔적이다. 여작가는 그 손에 공감하고 위로를 보내고 있는 것이다.

An incident

아리시마 다케오

有島武郎

아리시마 다케오 有島武郎, 1878~1923

아리시마 다케오는 1878년 도쿄에서 태어났다. 아들의 교육에 관심이 많았던 아리시마의 아버지는 어린 아리시마에게 영어를 배우게 했고 덕분에 아리시마는 어려서부터 서양문물을 접할 수 있었다. 학습원(学習院)중등과를 졸업한 후 농학자의 꿈을 안고 삿포로농업학교(札幌農学校)에 진학해서 우치무라 간조(内村鑑三)를 만나 기독교를 접하고 세례도 받는다. 그러나 1903년 미국으로 건너가 유학하면서 기독교 국가의 이면을 보고 기독교에 회의를 품는다. 사상적으로는 휘트먼과 톨스토이, 베르그송 등의 영향을 받았다. 1907년 귀국해서 삿포로 농업학교에서 학생들을 가르치기도 했다. 그러나 기독교에 대한 회의가 깊어져 1910년 삿포로 독립교회에 퇴회서를 제출함으로써 기독교를 버렸다. 1916년 아내와 아버지의 잇따른 죽음 이후에 소위 봇물 터지듯이 『카인의 후예(カインの末裔)』, 『태어나는 고통(生れ出づる悩み)』, 『클라라의 출가(クララの出家)』 등의 작품을 발표하면서 본격적인 창작활동을 이어갔다. 1919년에는 대표작 『어떤 여자(或る女)』를 발표하여 자유를 갈망하나 좌절해 가는 메이지시대를 살아가는 한 여자의 삶을 그리면서 많은 반향을 일으켰다. 사회적 약자인 어린이, 여자, 노동자 문제에 줄곧 관심을 가졌던 아리시마는 1922년 「선언 하나(宣言一つ)」를 발표한 후, 홋카이도(北海道)의 아리시마 농장을 소작농들에게 나누어주었다. 그러나 창작에 한계를 느끼고 절망하던 중 1923년, 잡지 『부인공론(婦人公論)』의 기자이자 유부녀인 하타노 아키코(波多野秋子)와 함께 생을 마감했다.

An incident

아내의 마음과 어긋난 그의 마음은
이로써 결국
완전한 고독으로 남겨졌다.

妻の思いとちぐはぐになった彼の思いは
これでとうとう
全くの孤独に取り残された。

그는 결국 어쩔 줄을 몰라 옆에 누워있는 아내를 흔들어 깨웠다. 아내는 잠결에 조금 전부터 아이가 떼쓰는 것과 그것을 달래다 지친 남편의 목소리를 의식하고 있었지만 잠옷에 그의 손이 닿는 것을 느끼자 사이렌 소리를 들은 소방대원처럼 민첩하게 벌떡 일어났다. 그러나 의식이 멍해서 아무것도 하지 못하고 그대로 잠시 가만히 앉아 있었다.

그러나 그의 짜증스런 목소리는 곧 아내를 제정신이 들게 했다. 아내는 눈꺼풀의 무게가 갑자기 사라진 것을 느끼며 일어나서 작은 이부자리 곁으로 갔다. 이불에서 절반쯤 몸을 내밀고 아기를 재우고 있던 그는 아내가 아니면 아이가 말을 듣지 않는다고 짧게 일러두고는 이불 속으로 파고들었다. 겨울 한밤중의 추위는 양어깨를 얼음처럼 차갑게 만들었다.

아내가 아이를 달래주었으면 하는 기대가 어그러져 그는 실망했다. 아내가 부드러운 목소리로 한밤중이니까 얌전히 자라고 하면 할수록 아이는 응석 부리는 코맹맹이 소리로 투정 부리기 시작했다. 베개를 뒤집어라, 뒤집은 베개가 차다, 소매로 눈물을 닦으면 안 된다, 이불이 무겁지만 치우면 안 된다 등 아내가 하는 동작, 말하는 것 하나하나에 심술이 더해졌다. 처음에는 되도록 비위를 거스르지 않게 여러 말로 달래던 아내도 참을 수 없다는 듯 추위에 몸을 떨면서 한두 마디 꾸짖어 보기도 했다. 그러자 아이는 꾸지람을 핑계로 다시금 울먹이며 몸부림쳤다.

그는 코까지 이불을 덮고 눈을 크게 뜬 채 희미하게 보이는 높은 천정을 쳐다보면서 입을 다물고 있었다. 늦게까지 일을 하고 나서 잠자리에 들었기 때문에 둔중한 졸음이 머릿속으로 몰려들어 하나의 가시 돋친 덩어리가 되어서 그의 기분을 불쾌하게 했다.

그는 말을 하려고 했지만 귀찮아서 가만히 있었다.

10분.

15분.

20분.

아무런 효과도 없다. 아이는 비몽사몽 상태에서 차츰 깨어나 그를 불쾌하게 만드는 것과 똑같은 졸음에 시달리면서 필사적으로 성질을 부렸다.

이래서는 안 되겠다. 그는 그렇게 생각하고 또 벌떡 일어나 아내 곁으로 바짝 다가가 아이에게 가까이 가보았다. 아이는 그것을 보자 일종의 질투라도 느낀 것처럼 난폭하게 날뛰며 그의 얼굴을 손으로 할퀴면서 밀쳤다. 네 살밖에 안 되는 어린아이의 팔에도 이럴 때는 화가 치밀 만큼 고약한 힘이 깃들어 있었다.

"엄마 옆에 오면 안 돼."

그렇게 말하면서 아이는 그를 흘겨봤다.

그는 조금 엄하게 빨리 자라고 말해보았지만 안 되겠다고 생각하고 다시 잠자리에 누웠다. 아내는 그동안 잠자코 앉아 있었다. 그리고 이렇게 아이를 재우려고 애쓰고 있는데 추위 속에 오랫동안 자기만 깨워 놓고 모른 척 누워있는 그를 무심하게 바라보면서 아이의 행동거지를 마음속으로는 justify^{정당화}하고 있는 것처럼 그에게는 여겨졌다.

그는 아이를 등지고 그쪽에는 귀 기울이지 않고 잠들려고 자세를 취했다.

그러나 아이의 투덜거리는 소리는 귀뿐만 아니라 목으로도, 가슴으로도 스며들어오는 것 같았다. 그는 조금씩 짜증 나기 시작했다. 아차 싶었지만 이제 어떻게 할 수도 없다. 이것이 그의 버릇이다. 평소 좀처럼 화내는 일이 없는 그는 자기가 화내고 싶었던 여러 가지 일을 가슴속 선반 같은 곳에 간직해 두었는데 때때로 그것이 사소한 기회를 틈타 한 번에 폭발했다. 그러면 그는 그 자신을 어떻게 할 수 없었다. 아슬아슬한 가운데 때로 가장 위험하고, 가장 파괴적이고, 가장 어리석은 행동을 정신없이 저지르고 나서야 정말로 입술을 깨물고 싶을 만큼 참을 수 없는 후회에 휩싸이는 것이다.

아내는 변함없이 애매한 잔소리를 하는 것도 아니고 안 하는 것도 아닌 식이다. 그런데도 어지간히 집요하게 아이를 상대하고 있었다. 짜증이 나 있는 그는 아이가 짜증 내는 이유가 마음에 와닿는 것 같았다. 저렇게 뚱하게 시작도 끝도 없이 잔소리를 해서 되겠는가, 어째서 더 확실히 말하지 않는 거냐고 생각하자 이가 저절로 굳게 악물렸다. 그는 그렇게 굳게 이를 악물고 눈을 굳게 감은 채 한 번 더 자려고 애써보았다. 그러나 졸음은 덩어리가 되어 뒤통수 구석으로 물러나고 눈이 또렷해져서 아팠다.

"빨리 안 자면 엄마가 너를 또 창고에 넣을 테야."

처음에는 제법 힘이 실린 말이라고 생각하고 듣고 있자니 마지막에는 평범한 어조가 되고 만다. 아이는 그런 말을 신경 쓰는 기색도 없이 사람을 안절부절못하게 만드는 울음소리를 내지르며 이불을 밟아 뭉개면서 계속 울었다. 그는 결국 참을 수 없어서 가능한 한 목소리 톤을 온화하게 하며 말했다.

"그렇게 울리지 말라니까, 좀 더 방법이 있을 거 같은데."

하지만 그것이 자신의 귀에도 꽤 억지스럽게 들렸다. 그가 주의를 주어도 아이를 대하는 태도를 고칠 기미 없이 아내는 입을 다문 채 발로 차내는 이불을 부질없이 아이에게 덮어 주려고 하고 있었다.

"이봐, 어떻게 좀 안 할 거야?"

그의 말투는 점점 날카로워졌다. 이제 무서운 기세로 자신의 짜증에 이끌려 분노의 감정이 마음속에서 쑥쑥 자라나는 것이 기분이 좋았다. 그는 약간 전율을 띤 소리를 내지르며 호통치기 시작했다.

"미쓰*! 아직 우는 거냐 ─ 뚝 그치고 자!"

아이는 기세에 압도당해서 잠시 조용해졌지만 곧 다시 낮은 흐느낌으로 시작해서 이전보다 더 시끄럽게 울었다.

"울면 아빠가 정말 화낼 거야!"

그래도 울고 있다.

온몸의 피가 머리로 확 치밀어올랐다고 생각한 순간 그는 앞뒤 분별도 없이 일어섰다. 당연한 듯이 아내 곁을 지나 양손을 아이의 머리와 무릎 아래에 대고 작은 몸을 구부리듯이 꽉 껴안았다. 별안간 놀라 숨을 죽인 아이가 자지러질 듯이 결사적으로 "엄마… 엄마… 아빠… 이제 안 할게요… 이제 안 할 거야…"라며 울기 시작했을 때에 그는 이미 침실의 문을 발로 차서 열고 복도로 나가 있었다. 그는 뜨거워진 그의 발바닥에 차가운 마루가 서늘하게 닿아 상쾌했다. 그 외에 그는 아무것도 의식하고 있지 않았다. 바짝 긴장한 잔혹한 큰 힘이 아무런 성찰도 없이 팽팽히 맞서는 작은 힘을 안고 있었다. 그는 떨리는 손을 어둠 속에 뻗으면서 계단 아래에 있는 외투를 걸어두는 벽장의 손잡이를 찾았다.

아이는 허리 아래쪽이 자유로워졌기 때문에 힘껏 양다리로 바둥바둥 발버둥 치고 있다. 문이 열렸다. 아이는 그 소리를 듣자 미친 듯이 그의 목에 매달렸다. 그러나 소용없었다. 그는 덩굴같이 달라붙는 그 손발을 무자비하게 떼 내어 외투와 모자, 신발과 청소

도구로 뒤죽박죽이 된 어둠 속으로 느닷없이 아이를 집어넣었다. 그때의 패기라면 그는 살인죄라도 저지를 수 있었을 것이다. 격양된 감정으로 그의 가슴은 큰 파도같이 오르내렸고 목은 호각이 울리는가 싶을 정도로 완전히 말라 있었으며 귀를 먹게 할 만큼의 자기 내부의 소음에 막혀서 아이의 소리는 한마디도 들리지 않았다. 외투의 자락인지 비의 자루인지, 그렇지 않다면 아이의 가냘픈 손인지 문을 닫을 때 약하게 저항하는 것을 그는 무턱대고 힘껏 밀어내며 손잡이를 돌렸다.

그때 그는 만족감을 느꼈다. 뛸 듯한 만족감을 그 짧은 순간에 마음껏 느꼈다. 그리고 비로소 외부 세계에 귀가 열렸다.

문을 사이에 둔 아이의 우는 소리는 가엾게도 참혹한 것이었다. 그와 아내에게 응석받이로 사랑받으며 자란 이 아이는 지금까지 한밤중에 이런 일을 한 번도 당한 적이 없었던 것이다.

그는 무언가에 취한 남자처럼 옷매무새도 흐트러져 비틀거리면서 침실로 돌아와서 몹시 지쳐 자기 이부자리에 쓰러져 누웠다. 가만히 머리를 움직여 아내를 보자 둘째 아이의 머리맡에서 맥없이 반대편을 향해 머리카락을 흐트러뜨리고 고개를 숙인 채 앉아 있었다.

그것을 보자 그의 분노는 다시 밀물처럼 밀려왔다.

"당신은 아이를 훈육하는 것이 도대체 뭐라고 생각하는 거야?"

숨이 거칠어져서 두 문장을 이어 말할 수가 없다. 그는 연극에서 할복하는 배우가 대사 사이에 그렇게 하듯이 잠시간 괴로운 듯이 깊은 호흡을 하고 있었다.

"응석을 받아준다고 다 되는 게 아냐…."

그는 다시 숨을 쉬었다. 그는 아직 무언가 말할 생각이었지만 모든 것이 부질없어져서 그대로 입을 다물어 버렸다. 그리고 깊은 호흡을 계속 가쁘게 쉬고 있었다.

벽장 쪽에서는 마지막 호흡을 짜내는 것처럼 한 아이가 용서를 비는 소리가 들렸다. 그는 또다시 아내를 보고 아내가 아까부터 그 소리에 정신을 뺏기고 있다는 것을 알아차렸다. 언짢은 적개심이 다시 가슴에 치밀어 왔다. ─ 질투라는 말로 표현할 만한 적개심이

"그러지 않아도 아빠는 무서운 존재인 거야. …거기다…."

아빠만 체벌을 가해서는 더욱 무서워하게 만들 뿐이고 끝내는 어떻게 뒷수습을 해야 좋을지 모르게 된다. 남자아이는 일고여덟 살이 되면 이미 완력으로는 엄마에게서 벗어나게 된다. 여자의 완력이 통할 때, 엄마도 강하다는 걸 확실히 느끼게 해줘야 한다. 그것은 이전부터 종종 말했던 게 아닌가. 그것을 한때의 애착에 이끌려 제멋대로 하게 놔둬서는 안된다. 이 얘기만 할 작정이었지만 도저히 말을 못 하겠기에 입을 다물어 버렸다. 아내는 추운 데 꼼짝도 않고 앉아서 아이의 목소리에 귀를 기울이고 있는 것 같았다.

"그만 자!"

그는 잠시 지나 이렇게 거친 말투로 아내에게 말했다.

"꺼내주지 않아도 괜찮을까요?"

그의 말에는 대답도 하지 않고 아내는 담담한 어조로 등을 돌린

채 이렇게 말했다. 그 침착한 것 같으면서도 조금도 인간미가 깃들지 않은 냉정한 아내의 태도가 오히려 분노를 격화시켜서 그는 아내의 눈앞에 아이를 완전히 매달아 보이고 싶을 정도로 험악한 기분이 들었다. 분노의 작은 악마가 몸속에서인지 밖에서인지 그의 눈을 크게 뜨게 하고 이를 악물게 하고 목을 조르고 꽉 쥔 손에 진땀이 배어 나오게 했다. 그는 불꽃에 휩싸여 공중에 떠 있는 것처럼 어지러운 마음이 가벼워지는 것을 느끼며 모든 속박을 끊고 끝없이 날개를 펼 수 있을 것 같았다. 그는 그런 허무한 기분에 젖으려고 허튼소리를 하고 분노의 술에 빠지려고 노력하는 것 같기도 했다.

어쨌든 그는 격정이 농락하는 대로 마음껏 자신의 마음을 농락하게 놔두었다. 생명 전체의 미세하면서도 강한 진동이 오케스트라의 Finale 연주처럼 힘차고 열렬하게 서로 치고받으며 한발만 더 내디디면 회복할 수 없는 파멸을 불러올 것 같은 그 경계를 그의 마음은 애처롭게 울고 웃으면서 춤추며 뛰어다니고 있었다.

그러나 그러는 사이에 짜증의 밀물은 그 정점을 지나 차츰 썰물이 되어갔다. 아무리 맹렬한 것을 떠올려 보아도 거기에는 이전만큼 진실성이 느껴지지 않았다. 생각하는 것만으로도 불쾌한 후회의 전조가 마음 한구석에 머리를 내밀기 시작했다.

"꺼내주고 싶으면 꺼내주면 되잖아."

이 말을 듣자 아내는 그 말에 이끌려서 일어서려고 하는 것 같았지만 생각을 바꾼 듯 다시 고쳐 앉으며 그가 있는 쪽을 돌아보면서 대답했다.

"하지만 당신이 가두고 내가 꺼내주면 나만 좋은 사람이 되는 거라서…."

그 말이 그에게는 결코 그를 두려워해서 한 것 같지 않았고 그저 복수하는 야유로만 들렸다.

무슨 일이 일어날지 모르는 침묵이 잠시 두 사람 사이에 계속되었다.

그동안 그는 자신의 호흡이 점점 안정되어 가는 것을 어쩐지 쓸쓸한 기분으로 주시했다 ─ 영감이 떠나가는 듯한 ─ 표면적인 자기로 돌아가는 듯한 ─ 무언가의 세계에서 아무것도 아닌 세계로 들어가는 듯한 ─

호흡이 안정되는 것과 정비례하여 이이의 울음소리는 절절히 그의 가슴에 사무치기 시작했다. 자애로운 품에서 생각지도 못한 고독한 경계로 내던져진 아이는 있는 힘껏 문을 두드리며 하녀의 이름과 집에 없는 가까운 사람의 이름까지 번갈아 불러대면서 도움을 청하고 있었다. 그 호소하는 소리에는 부모의 가슴을 찢는 듯한 무언가가 서려 있었다. 아내는 처음부터 지금까지 꾹 참으며 이 소리에 채찍질 당하고 있었는가 하고 비로소 깨닫고 보니 아내의 처사가 너무나 정당한 것으로 여겨졌다.

그래도 그는 움직이지 않았다.

자지러질 듯이 아이가 길길이 날뛰고 울부짖는 동안 침실에서는 두 사람 사이에 다시 불길한 침묵이 계속되었다.

그는 꾹 참을 수 있는 데까지 참아 보았다. 그러나 이렇게 되니 그의 자제심은 한심할 정도로 약한 것이었다. 매분 마다 그의 가슴을 누르는 무게가 열배 백배 천배 가중되어 가더니 5분도 지나지 않아 그는 면목 없게도 일어섰다. 그리고 아이를 데리고 나왔다.

그는 아내 앞에 아이를 앉히고 "자, 엄마에게 잘못했다고 말씀드려"라고 말했다. 평소라면 이런 일이 생기면 고집을 부리는데 오늘밤은 어지간히 질렸는지 아이는 흐느끼면서 순순히 머리를 숙였다. 그것을 보자 돌연 그의 마음이 꽉 죄어오는 것 같았다.

식어버린 작은 이불에 아이를 눕히고 그는 작은 소리로 반은 위협하듯이, 반은 가르치듯이 앞으로는 절대 밤중에 떼를 쓰면 안 된다고 타일렀다. 아이는 지금까지의 공포에 여전히 떨고 있는 듯이 그가 말하는 것은 듣지도 않고 멍하니 그의 품으로 다가왔다.

뒤를 돌아보자 아내는 누워있었다. 남에게 우는 얼굴을 보이는 것을 싫어하고 또 설령 우는 것을 보이더라도 소리를 결코 낸 적이 없는 아내가 이불 속에서 어떻게 하고 있는지 그는 짐작이 갔다. 아이는 울다 지쳐 가끔 꿈결에 겁에 질리면서 바로 잠에 빠져 버렸다.

그는 돌같이 굳어진 몸과 마음으로 자기 이부자리로 돌아갔다. 주위는 전멸한 듯이 조용해져 버렸다. 몸을 뒤척이는 것조차 꺼려지는 조용함이었다.

그는 그렇게 뜬 눈으로 생각에 잠겼다.

완전히 숨기고는 있지만 아내가 마음속으로 울면서 분해하고 있는 것이 그에게 분명히 느껴졌다.

이렇게 대략 30분쯤 지났다고 생각했을 무렵 희미하게 잠든 아내의 숨소리가 들리기 시작했다. 아내의 마음과 어긋난 그의 마음은 이로써 결국 완전한 고독으로 남겨졌다.

아내와 아이를 둔 그의 생활도 오직 잠만이 각자를 이렇게 뿔뿔이 떼어놓는다. 그는 어디선가 밀려오는 얼음 같은 쓸쓸함으로 인해 가차 없이 기세가 꺾였다. 연푸른 보자기로 싼 전구는 방안을 음울하게 비추고 있었다. 그는 아내의 숨소리를 듣는 걸 견디지 못하여 등을 돌리고 둥그렇게 몸을 굽혀 귀밑까지 이불을 덮었다. 분노의 쓴 뒷맛이 머릿속에서 두고두고 그를 괴롭히려 했다.

후회하지 않는 마음, 그것이 갖고 싶다. 여러 가지로 생각한 끝에 그런 결론에 이르자 그는 살 가치가 없는 자신을 발견했다. 패배의 씁쓸한 쓸쓸함이 그를 돌 베개리도 베고 있는 듯이 여겨지게 했다. 그의 마음은 정말로 돌같이 차갑게, 시린 겨울밤 추위 속에 얼어붙어 있었다.

한 가족의 일상 엿보기

「An incident」는 아리시마 다케오가 1914년 4월 잡지 『시라카바白樺』에 발표한 단편소설이다. 어린 아들의 잠투정으로 온가족이 잠을 설치게 되면서 일어난 일에 관한 이야기이다. 작품 속의 아들의 이름이 미쓰光인데, 실제 아리시마의 장남인 아리시마 유키미쓰有島行光가 어린 시절 경험한 일이라고 한다. 아리시마는 아내 야스코安子와의 사이에 세 아들 유키미쓰行光, 1911년 출생, 도시유키敏行, 1912년 출생, 고조行三, 1913년 출생를 두고 있었는데, 야스코는 1914년 9월에 폐결핵 진단을 받고 요양생활을 하다 1916년에 어린 아이들을 남겨두고 세상을 떠나게 된다. 「An incident」는 단란했었던, 그리고 야스코가 건강했었던 시절의 아리시마의 가정을 엿볼 수 있는 것으로 남편과 아내, 그리고 아들 그 누구의 입장에서 보아도 안타까움이 느껴지는 여느 가정에서나 일어날 법한 에피소드를 다루고 있다.

남편의 분노

「An incident」는 남편의 분노에 관한 이야기라 할 수 있다. 어느 추운 겨울밤 남편이 아이의 잠투정 소리를 듣고 아내를 깨우는 데에서 이야기는 시작된다. 남편은 아내가 스스로 일어나 아이를 달래서 재워줬으면 했지만, 아내는 남편이 깨워서야 겨우 일어나 이도 저도 아닌 태도로 우는 아이를 상대하고 있다. 그런 아내를 보면서 남편은 실망감과 함께 부아가 치밀어, 살인죄라도 저지를 수 있을 것 같은 격앙된 감정에 휩싸이고, 결국 남편은 분노 때문에 우는 아이를 인정사정없이 벽장에 넣고 만다. 남편은 벽장문을 닫고서야 겨우 '만족감'을 느끼지만, 곧바로 자신이 한 일이 얼마나 참혹한 행동인지 깨닫는다. 그러나 그것도 잠시, 아내의 무심한 태도에 다시 한번 그의 분노는 절정에 이르게 된다.

남편은 평소에는 화를 잘 내지 않는 사람이었다. 하지만, 이날엔 그동안 가슴 속 선반 같은 곳에 차곡차곡 쌓아두었던 화가 폭발해 버린 것이다. 잠을 잘 수 없음으로 인한 피로와 울음소리로 인한 짜증과 아내의 냉담함에 대한 오해가 뒤섞인 결과였다. 그런데 남편은 자신이 분노하면서 아내도 속으로 분노하고 있다고 생각한다. 아내가 벽장에 가둔 아들을 남편이 데려와야 한다고 말하자, 남편은 아내의 말이 자기에게 복수하는 야유라고 생각하고, 아이를 데리고 와서 재운 후에는 아내가 마음속으로 울면서 분해하고 있다고 생각한다. 그러나 실은 곤히 잠든 아내를 깨워 아이 재우는 일을 떠넘긴 미안함이 그 마음에 있는 것이고, 그것이 분노와 쓸쓸함으로 역으로 표출된 것이라 할 수 있다.

아내의 체념

「An incident」는 부부싸움의 이야기로도 읽힐 수 있다. 남편은 다자이 오사무太宰治의 「앵두桜桃」의 남편을 닮았다. 「앵두」의 주인공인 '나'는 양육과 가사에 일체 관여하지 않는 인물로 모든 것을 아내에게 떠넘긴다. 그러나 아내는 원래 말이 없는 데다가 상처 주는 말이 하기 싫어 남편에 대한 불만을 드러내지 않는다. 그러던 어느 날 아내의 섭섭함과 불만은 부부싸움의 원인이 된다. 다자이도 「앵두」는 실은 부부싸움에 관한 소설이라고 얘기하고 있듯이, 서로 사랑하면서도 마음이 어긋나는 부부의 이야기를 하고 있다. '눈물의 골짜기涙の谷', 아내의 신체 중 가장 땀이 많은 곳, 가슴과 가슴 사이. 아내의 이 말이 도화선이 되어 부부싸움을 하게 되지만, 남편은 아내에 대한 미안함에, 그리고 스스로에 대한 자괴감에 술을 마신다. 그러나 아내는 남편을 원망하고 있지는 않다. 그저 체념하고 있다. 오히려 아내의 체념한 듯한 모습이 남편의 마음을 더 아프게 만들고, 남편은 그것이 체념임을 알기에 또 술을 찾는다.

「An incident」의 아내도 마찬가지이다. 이 아내는 남편에게 요구하지도 대꾸하지도 않는다. 그저 하라는 대로 할 뿐이다. 이 태도를 남편은 냉담하다, 복수한다, 자신을 야유한다고 생각하지만 아내의 냉담함 뒤에는 체념이 있을 뿐이다. 남편은 이미 이것이 체념임을 알고 있고, 그렇기에 오히려 자신을 향한 분노를 멈출 수 없었다.

후회하지 않는 마음

어수선한 소동이 지나고 아내와 아들이 잠든 후 남편은 생각한다. '후회하지 않는 마음, 그것이 갖고 싶다'. 그만큼 후회가 된다는 말의 반증이라 할 수 있을 것이다. 남편은 상황 자체에 화가 난 것이지, 어쩌면 아내를 탓하고 싶지는 않았을지도 모른다. 서로 건드리면 안 되는 '눈물의 골짜기'를 남편이 건드린 것이다. 다자이의 「앵두」 속 남편은 술을 마시지만, 「An incident」의 남편은 후회하는 마음으로 차갑게 얼어붙어 버렸다. 이렇듯 부부간에는 분노와 체념이 서로 평행선을 그리며 공존하고 있는 것인지도 모른다.

아리시마의 셋째 아들인 고조는 『아버지 아리시마 다케오와 나父有島武郎と私』라는 책에서 '아버지는 언제나 조용하고 자애롭고, 단정했다. 꾸짖을 때도, 언성을 높이기보다 차근차근 타이르는 타입이고, 형제 중 누구 하나, 아버지의 무서운 질책을 받은 적이 없었다. 어쩌면 일상의 예의범절에서부터 싸움의 중재까지 모든 보살핌은 할머니 몫이고, 아버지는 큰소리를 낼 필요가 없었을지도 모른다'고 했다. 어머니를 일찍 여읜 세 아들에 대한 아리시마의 애틋한 부정父情은 「어린 아이들에게小さき者へ」1918라는 글에도 잘 나타나 있다. 하지만 누구에게인지 모를 격렬한 분노를 쏟아내었던 그 밤을 훗날의 아리시마는 후회하지 않았을까.

葱

파

아쿠타가와 류노스케

芥川龍之介

아쿠타가와 류노스케 芥川龍之介, 1892~1927

아쿠타가와 류노스케는 1892년 도쿄에서 태어났다. 어머니가 정신병을 앓아 외가인 아쿠타가와(芥川) 가문에 맡겨져 이모의 손에 자랐다. 아쿠타가와 가문은 대대로 에도성(江戸城)의 다실(茶室)을 관리하던 집안으로 많은 장서를 보유하고 있었다. 덕분에 아쿠타가와는 어려서부터 많은 책을 읽고 일찍부터 문예에 관심을 가지게 되었다. 그는 1913년 도쿄제국대학(東京帝国大学) 영문과에 입학하여 다음 해에 구메 마사오(久米正雄), 기쿠치 간(菊池寛) 등과 함께 제3차 『신사조(新思潮)』를 창간하고 첫 소설인 「노년(老年)」(1914)을 발표했다. 그 후 1916년 발표한 「코(鼻)」가 나쓰메 소세키(夏目漱石)에게 인정을 받으면서 문단에 등단하게 된다. 그의 초기 작품은 『곤자쿠 모노가타리슈(今昔物語集)』 등의 설화에서 소재를 얻어 역사소설의 형식을 취하면서 현대를 재해석한 새로운 문학으로 주목받았다. 중기에는 「게사쿠 삼매경(戱作三昧)」(1917), 「지옥변(地獄変)」(1918) 같은 소위 예술지상주의 작품을 발표하여 현실의 모순을 예술로 승화하고자 했다. 그러나 마지막 시기에는 「톱니바퀴(歯車)」(1927), 「어느 바보의 일생(或阿保の一生)」(1927) 같은 자전적인 소설로 방향을 전환하여 그의 삶에 대한 허무와 불안의식을 드러내었다. 그는 신경쇠약과 불면증에다 가족 문제들을 떠안게 되면서 무거운 마음의 짐을 이기지 못하고 '그저 막연한 불안'이라는 말을 남기고 자살한다. 향년 35세였다.

파

오키미 양에게 다나카 군은
보물이 든 굴의 문을 여는 비밀의 주문을 알고 있는
알리바바와 조금도 다르지 않다.

お君さんにとって田中君は、
宝窟の扉を開くべき秘密の呪文を心得ている
アリ・ババとさらに違いない。

마감일을 내일로 앞둔 오늘 밤, 나는 단숨에 이 소설을 쓰려고 한다.
아니, 쓰려고 생각하는 것이 아니다. 쓸 수밖에 없게 되어 버린 것이다.
그럼 무엇을 쓸 거냐 하면, ─ 그것은 다음 본문을 읽어주시는 것 외에
달리 방법이 없다.

간다 진보초神田神保町 근처 한 카페에 오키미 양お君さん이라는 여급
이 있다. 나이는 열다섯인가 열여섯이라 하는데 보기에는 더 들어
보인다. 어쨌든 피부가 희고 눈매가 시원해서 코끝이 약간 들려있
어도 얼추 미인이다. 머리카락을 한가운데에서 갈라 물망초 비녀
를 꽂고 흰 앞치마를 하고서 자동 피아노 앞에 서 있는 모습은 다
케히사 유메지竹久夢二의 그림 속 인물이 빠져나온 것 같다. ─ 그런
등등의 이유로 이 카페의 단골 사이에서는 벌써 통속소설이라는

별명이 붙은 모양이다. 하긴 별명이 여러 개가 더 있다. 비녀의 꽃이 물망초 꽃이라서 물망초. 활동사진에 나오는 미국의 여배우를 닮아서 미스 메리 픽포드. 이 카페에 빠져서는 안 되는 존재라서 각설탕 등등.

이 가게에는 오키미 양 외에도 나이가 많은 여급이 한 명 더 있다. 그 사람은 오마쓰 양お松さん이라 하는데 기량은 도저히 오키미 양의 적수가 못 된다. 일단 흰 빵과 검은 빵 정도의 차가 있다. 따라서 한 카페에서 일해도 오키미 양과 오마쓰 양의 팁 수입이 완전히 다르다. 말할 것도 없이 오마쓰 양은 이 수입의 차이에 평온할 수 없다. 그 불평이 심해져서 오마쓰 양은 최근 왜곡된 억측도 만들어 냈다.

어느 여름날 오후 오마쓰 양의 담당구역인 테이블에 있던 외국어학교 학생 같은 사람이 입에 담배를 한 대 물면서 성냥불을 앞으로 가져가려 했다. 그런데 하필이면 그 옆 테이블에서 선풍기가 힘차게 돌아가고 있었기 때문에 성냥불이 담배에 닿지 못하고 계속 바람에 꺼져버렸다. 그래서 그 탁자 옆을 지나가던 오키미 양은 잠시 바람을 막기 위해 손님과 선풍기 사이에 멈춰 섰다. 그 틈에 담배에 불을 붙인 학생이 볕에 그을린 볼에 미소를 띠면서 "고마워요"라고 하는 것을 봤을 때 오키미 양의 친절이 상대에게 통한 것은 말할 것도 없다. 그러자 계산대 앞에 서 있던 오마쓰 양이 마침 그곳으로 가지고 갈 아이스크림 접시를 들더니 오키미 양의 얼굴을 가만히 보며 "네가 가져가"라고 뾰로통하게 말했다.

이런 갈등이 일주일에 몇 번이나 있다. 그래서 오키미 양은 오마쓰 양과 웬만해선 말을 하지 않는다. 늘 자동 피아노 앞에 서서 장소가 장소이니만큼 많은 학생 손님에게 무언의 애교를 부리고 있다. 혹은 부아가 치밀어 보이는 오마쓰 양에게 무언의 자랑을 하고 있다.

하지만 오키미 양과 오마쓰 양이 사이가 나쁜 것은 꼭 오마쓰 양이 질투하기 때문만은 아니다. 오키미 양도 내심 오마쓰 양의 취미가 저급한 것을 경멸하고 있다. 저 사람은 그야말로 소학교를 나온 후 나니와부시浪花節*를 듣거나 미쓰마메蜜豆**를 먹거나 남자를 쫓아다니기만 했다, 틀림없다. 이렇게 오키미 양은 확신하고 있다. 그러면 그 오키미 양의 취미는 어떤 종류인가 하면 잠시 이 화려한 카페를 떠나 근처 도로 안쪽에 있는 이ㄴ 미용실 이층을 들여다보는 게 좋겠다. 왜냐하면 오키미 양은 그 미용실 이층에 셋방을 얻어 카페에서 일할 때 말고는 늘 그곳에서 지내고 있기 때문이다.

이층은 천장이 낮은 다다미疊 여섯 장짜리 방인데 석양이 비치는 창문으로 밖을 내다보아도 기와지붕 외에는 아무것도 보이지 않는다. 그 창가 벽에 사라사 천을 덮은 책상이 있다. 그저 편의상 임의로 책상이라고 부르겠지만 실은 이것은 빛바랜 탁자이다. 그 탁 — 책상 위에는 이것도 다소 오래된 양장제본 책들이 진열되어

---

* 메이지시대 초기 오사카에서 시작되었다. 샤미센 반주에 곡조를 붙여서 말하는 형식의 음악 장르이다.

** 팥, 삶은 콩, 한천, 떡, 과일 등을 담고 그 위에 꿀이나 시럽을 올린 디저트.

있다.

『불여귀不如帰』,『도손 시집藤村詩集』,『마쓰이 스마코의 일생松井須磨子
の一生』,『신 아사가오 일기新朝顔日記』,『카르멘Carmen』,『높은 산에서 골
짜기 아래를 보면高い山から谷底見れば』— 나머지는 부인잡지가 일고여
덟 권 있을 뿐이고 유감스럽게도 나의 소설집은 단 한 권도 보이지
않는다. 그리고 그 책상 옆, 이미 니스가 벗겨진 찻장 위에는 목이
가는 유리 꽃병이 있고 그 안에 꽃잎이 하나 떨어진 백합 조화가
솜씨 좋게 꽂혀 있다. 보아하니 이 백합은 꽃잎만 무사했다면 지금
도 그 카페 테이블에 장식되어 있었을 것이 분명하다. 마지막으로
찻장 위 벽에는 모두 잡지에서 오려낸 그림 같은 것이 서너 장 핀
으로 고정되어 있다. 제일 가운데 것은 가부라키 기요카타鏑木清方*
의 겐로쿠元禄 여자이고, 그 밑에 작은 것은 라파엘Raffaello의 마돈나
인가 뭔가 같다. 그리고 그 겐로쿠 여자 위쪽에는 기타무라 시카이
北村四海**가 조각한 여자가 옆에 있는 베토벤에게 흘러넘치는 추파
를 보내고 있다. 다만 이 베토벤은 오키미 양이 베토벤이라고 생각
하고 있을 뿐이고 실은 미국 대통령 우드로 윌슨Woodrow Wilson이기
때문에 기타무라 시카이군도 정말 딱하기 그지없다.

이것으로 오키미 양의 취미생활이 얼마나 예술적 색채가 풍부
한지 따지지 않아도 이미 명백하리라 생각한다. 실제로 오키미 양

---

* 1878~1972, 신문, 잡지의 삽화가로 그림을 시작,『금색야차(金色夜叉)』,『파계(破
壊)』등의 삽화로 세상에 알려졌다. 에도의 정서가 깃든 미인화를 그린 일본의 화가.
** 1871~1927, 일본의 조각가. 서구의 대리석조각을 일본에 도입했다.

은 매일 밤늦게 카페에서 돌아오면 반드시 이 베토벤이라 여기고 있는 윌슨의 초상 아래에서 『불여귀』를 읽고 백합 조화를 바라보면서 신파 비극을 그린 활동사진 속 달밤 장면보다도 센티멘털한 예술적 감격에 잠기는 것이다.

벚꽃 필 무렵의 어느 날 밤, 오키미 양은 혼자 책상에 앉아 거의 첫닭이 울 때까지 핑크빛 편지지에 부지런히 펜을 놀리고 있었다. 그런데 다 쓴 편지 한 장이 책상 밑에 떨어진 것을 아침이 되어 카페에 나간 뒤에도 오키미 양은 끝내 눈치채지 못한 것 같다. 그때 창문으로 불어온 봄바람이 그 편지 한 장을 샛노란 무명천 덮개를 씌운 거울 두 개가 늘어서 있는 계단 아래까지 날려 버렸다. 아래층의 미용사는 오키미 양의 손에 자주 연애편지가 들어오는 것을 알고 있다. 따라서 이 핑크빛 종이도 이미 그중 하나이리리 생각하고 호기심에 일부러 훑어보았다. 뜻밖에도 이것은 오키미 양의 글씨인 것 같았다. 그렇다면 오키미 양이 누군가의 연애편지에 답을 한 것인가 했더니 "다케오武男와 헤어졌을 때의 일을 생각하면 눈물로 가슴이 찢어지는 것 같습니다"라고 적혀 있었다. 아닌 게 아니라 오키미 양은 거의 밤을 새워 소설 속 나미코浪子 부인을 위로하는 편지를 쓰고 있었던 것이다.

이 에피소드를 쓰면서 오키미 양의 센티멘털리즘에 미소를 숨길 수 없는 건 사실이다. 하지만 나의 미소에는 추호도 악의가 섞여 있지 않다. 오키미 양이 있는 이층에는 백합 조화, 『도손 시집』, 라파엘의 마돈나 사진 외에도 자취생활에 필요한 부엌 도구가 널려 있다. 부엌 도구가 상징하는 도쿄의 힘든 실생활은 오늘날까지 몇 번이나 오키미 양에게 박해를 가했는지 모른다. 하지만 쓸쓸한 인생도 눈물이라는 안개를 투과해 볼 때는 아름다운 세계를 펼친다. 오키미 양은 그 실생활의 박해를 벗어나기 위해 예술적인 감격의 눈물 속에 몸을 숨겼다. 거기에는 한 달 6엔 하는 방세도 없고 한 되 70전錢 하는 쌀값도 없다. 카르멘은 전기요금에 대한 염려도 없이 편안히 캐스터네츠를 치고 있다. 나미코 부인도 고생은 하지만 약값을 마련할 수 없는 형편은 아니다. 한마디로 이 눈물은 인간고人間苦의 황혼기가 저물어갈 때 인간애의 등불을 조용히 켜 준다. 아아, 도쿄의 거리 소리도 완전히 어딘가로 사라져 버리는 한밤중, 눈물에 젖은 눈을 들어 어둑한 십 촉 전등 아래 홀로 즈시逗子의 해풍과 코르도바의 협죽도를 꿈꾸고 있다. 오키미 양의 모습을 상상 — 제기랄, 악의가 없는 것은 고사하고 깜빡하면 나까지도 센티멘털해질지도 모르겠군. 원래 세간의 비평가에게는 인정미가 없다는 말을 듣는 대단히 이지적인 나인데.

그런 오키미 양이 어느 겨울 밤늦게 카페에서 돌아와서 처음에는 평소처럼 책상에 앉아 『마쓰이 스마코의 일생』인가 뭔가를 읽고 있더니 미처 한 페이지도 읽기 전에 무슨 영문인지 갑자기 그 책에 싫증이 난 것처럼 다다미 위에 거칠게 내던졌다. 그리고 이번에는 다리를 옆으로 가지런히 모으고 앉아 책상 위에 팔을 괴고는 벽에 붙은 월 — 베토벤의 초상을 멀거니 무심하게 바라보기 시작했다. 이것은 물론 예삿일이 아니다. 오키미 양은 그 카페에서 해

고당한 것일까. 그렇지 않다면 오마쓰 양의 괴롭힘이 한층 더 악랄해진 걸까. 혹은 또 그렇지 않으면 충치라도 아프기 시작한 것일까. 아니, 오키미 양의 마음을 지배하고 있는 것은 그런 세속적인 냄새가 나는 일이 아니다. 오키미 양은 나미코 부인처럼 혹은 마쓰이 스마코처럼 연애 때문에 괴로워하고 있는 것이다. 그럼 오키미 양은 누구를 연모하고 있는가 하면 — 다행히 오키미 양은 벽 위의 베토벤을 바라본 채 잠시간은 미동도 하지 않을 것 같으니 그동안 나는 서둘러서 이 영광스러운 연애 상대를 잠깐 소개하겠다.

오키미 양의 상대는 다나카 군田中君이라고 하여 무명의 — 이를테면 예술가이다. 왜냐하면 다나카 군은 시도 짓고, 바이올린도 켜고, 유화 물감도 사용하고, 배우 일도 하고, 우타가루타歌骨牌*도 잘하고, 사쓰마 비파薩摩琵琶**도 켤 수 있는 재인이기 때문에 어느 것이 본업이고 어느 것이 취미인지 식별할 수 있는 사람은 아무도 없다. 따라서 인물도, 얼굴은 배우같이 반듯하고, 머리카락은 유화 물감같이 번들번들하고, 목소리는 바이올린같이 부드럽고, 말은 시처럼 세련되고, 여자에게 구애하는 것은 우타가루타를 뽑듯이 재빠르고, 돈 떼먹는 일은 사쓰마 비파를 켜는 것처럼 더없이 용감하고 활기차다. 그런 사람이 차양이 넓은 검은 색 모자를 쓰고서 싸

---

* 카드놀이의 일종. 와카(和歌)를 적은 장방형의 카드를 바닥에 펼쳐놓고 한 사람이 첫 구절을 읽으면 나머지 사람은 그 와카의 뒷부분이 적힌 카드를 집어 그 집은 수로 승부를 결정한다.

** 비파의 일종, 그리고 그 음악. 무로마치(室町)시대 말, 사쓰마(薩摩, 현재의 가고시마현)에서 시작되었다. 서민에게 불교를 가르치기 위한 맹인비파음악이 원류이다.

구려 같은 사냥복을 입고 포도색 보헤미안 넥타이를 매고 — 라고 하면 대개 알만한 자이다. 어쩌면 이 다나카 군 같은 사람은 이미 일종의 유형이기 때문에 간다 혼고神田本郷 주변의 술집이나 카페, 청년회관YMCA과 음악학교의 음악회(단 제일 싼 좌석에 한하지만), 가부토야兜屋와 산카이도三会堂의 전람회에 가면 반드시 두세 사람은 그런 부류로, 거만하게 사람들을 노려보고 있다. 따라서 이보다 더 명료한 다나카 군의 초상이 갖고 싶다면 그런 장소에 가보는 것이 좋다. 내가 쓰는 것은 이제 내키지 않는다. 무엇보다도 내가 다나카 군을 소개하는 수고를 하는 사이에 어느새 오키미 양이 일어나서 미닫이 창문을 열고 창밖의 차가운 달밤을 바라보고 있기 때문이다.

기와지붕 위 달빛은 목이 가는 유리 화병에 꽂힌 백합 조화를 비추고 있다. 벽에 붙은 라파엘의 작은 마돈나를 비추고 있다. 그리고 또 오키미 양의 약간 들린 코를 비추고 있다. 하지만 오키미 양의 시원스러운 눈에는 달빛도 비치지 않는다. 서리가 내린 것 같은 기와지붕도 존재하지 않는 것과 같다. 다나카 군은 오늘 밤 카페에서부터 여기까지 오키미 양을 바래다주었다. 그리고 내일 밤은 둘이서 즐겁게 지내자는 약속까지 했다. 내일은 마침 오키미 양이 한 달에 한 번 쉬는 날이기 때문에 오후 6시에 오가와마치小川町의 전차 정류장에서 만나서 시바우라芝浦에 가설된 이탈리아 사람이 하는 서커스를 보러 가려고 하는 것이다. 오키미 양은 지금까지 남자와 둘이서 놀러 간 적이 없다. 그래서 내일 밤 다나카 군

과 세상의 연인들이 하듯이 함께 밤의 서커스를 보러 갈 생각을
하니 새삼스럽게 심장의 고동이 빨라진다. 오키미 양에게 다나카
군은 보물이 든 굴의 문을 여는 비밀의 주문을 알고 있는 알리바
바와 조금도 다르지 않다. 그 주문을 외쳤을 때 어떤 미지의 환락
경歡樂境이 오키미 양 앞에 나타날까. 아까부터 달을 바라보지만 달
을 보고 있지 않은 오키미 양이 바람에 일렁이는 바다같이, 혹은
이제 막 달리려고 하는 자동차의 모터같이 뛰는 가슴속에 그리고
있는 것은 눈앞에 다가올 불가사의한 세계의 환상이었다. 그곳에
는 장미꽃이 흐드러지게 핀 길에 양식 진주 반지며 모조 비취 오
비도메帶留*가 무수히 흩어져 있다. 나이팅게일의 아름다운 소리
도 이제 미쓰코시三越 백화점의 깃발 위에서 꿀 떨어지듯 들리기
시작했다. 감람나무 꽃향기 속에 대리서을 깐 궁전에서는 바야흐
로 미스터 더글러스 페어뱅스Douglas Fairbanks와 모리 리쓰코森律子
양의 무도가 점입가경이다⋯⋯.

　하지만 나는 오키미 양의 명예를 위해 덧붙여두겠다. 그때 오키
미 양이 그린 환상 속에는 때때로 어두운 구름의 그림자가 모든
행복을 위협하듯이 기분 나쁘게 오가고 있었다. 과연 오키미 양은
다나카 군을 사랑하고 있음에 틀림이 없다. 그러나 그 다나카 군
은 사실 오키미 양의 예술적 감격이 후광을 입힌 다나카 군이다.
시도 짓고, 바이올린도 켜고, 유화 물감도 쓰고, 배우 일도 하고, 우

<hr />

＊　일본 여자 옷의 띠 위를 누르는 끈. 또 그 끈에 꿰어 띠의 정면에 다는 장식품.

타가루타도 잘하고, 사쓰마 비파도 켤 수 있는 전설 속의 랜설럿 경이다. 그래서 오키미 양 안에 있는 신선한 처녀의 직관성이 때때로 이 랜설럿의 대단히 수상한 정체를 느끼는 일도 있다. 이럴 때 어둡고 불안한 구름 그림자가 오키미 양의 환상 속을 지나간다. 하지만 유감스럽게도 그 구름 그림자는 나타나자마자 사라져 버린다. 오키미 양은 아무리 어른 같아 보여도 열여섯이나 열일곱 되는 소녀이다. 게다가 예술적 감격에 가득 차 있는 소녀이다. 비에 옷을 적실 염려가 있거나 라인강의 석양이 그려진 그림엽서를 보고 감탄하는 소리를 낼 때 외에는 여간해서는 구름 그림자 같은 것을 마음에 두지 않는다 해도 이상하지 않다. 하물며 지금은 장미꽃이 흐드러지게 피어있는 길에 양식 진주 반지니 모조 비취 오비도메 따위가 — 이하는 앞에 쓴 그대로이니까 그것을 다시 읽어주기 바란다.

오키미 양은 오랫동안 샤반의 성녀 주느비에브같이 달빛에 비친 기와지붕을 바라보고 서 있었는데 이윽고 재채기를 한 번 하고는 창문을 탁 닫고 다시 원래 앉아 있던 책상 가에 다리를 옆으로 모아 앉았다. 그리고 다음 날 오후 6시까지 오키미 양이 무엇을 하고 있었는지 그동안의 자세한 소식은 유감스럽지만 나 역시 모른다. 작자인 내가 왜 모르냐면 — 솔직히 말하자. 나는 오늘 밤 중으로 이 소설을 다 쓰지 않으면 안 되기 때문이다.

다음 날 오후 6시, 오키미 양은 괴이한 남보랏빛 비단 코트 위에 크림색 숄을 걸치고 평소보다 들뜬 모습으로 이미 어둠에 싸인 오가와마치의 전차 정류장으로 갔다. 다나카 군은 벌써 여느 때처럼 차양이 넓은 검은 모자를 깊이 눌러쓰고 양은 손잡이가 달린 가느다란 지팡이를 옆구리에 낀 채 올이 성긴 줄무늬 반코트 깃을 세우고 정류소의 빨간 전등이 켜진 아래에 가만히 서서 기다리고 있다. 하얀 얼굴이 평소보다 한층 더 새하얗고 살짝 향수 냄새까지 풍기고 있는 모습을 보자니 오늘 밤은 몸단장에 각별히 신경을 쓴 것 같다.

"기다렸어요?"

오키미 양은 다나카 군의 얼굴을 올려다보고 숨이 가쁜 듯 말했다.

"아니."

다나카 군은 의젓하게 대답하면서 왠지 모호한 미소를 머금은 눈으로 가만히 오키미 양의 얼굴을 바라보았다. 그리고 갑자기 몸을 한번 떨고는 "좀 걸을까?" 하고 덧붙였다. 아니, 덧붙이기만 한 것이 아니다. 이미 그때 다나카 군은 아크등이 밝혀진 사람들의 왕래가 많은 거리를 스다초^{須田町} 방향으로 걷기 시작했다. 서커스가 있는 곳은 시바우라^{芝浦}다. 걷는다고 해도 여기에서는 간다바시^{神田橋} 다리 쪽으로 가야 한다. 오키미 양은 계속 멈춰 선 채로 먼지바람에 휘날리는 크림색 숄에 손을 얹고 이상한 듯이 물었다.

"그쪽이에요?"

하지만 다나카 군은 어깨너머로 "어"라고 가볍게 대답했을 뿐 여전히 스다초 방향으로 걸어간다. 그래서 오키미 양도 달리 방법이 없어서 바로 다나카 군을 따라 잎이 떨어진 버드나무 가로수 아래를 서둘러 함께 걷기 시작했다. 그러자 다나카 군은 또 왠지 그 모호한 미소를 띤 눈으로 오키미 양의 옆얼굴을 살피면서 말했다.

"오키미 양에게는 미안하지만, 시바우라의 서커스는 벌써 어젯 밤에 끝났다고 하는군. 그래서 오늘 밤에는 내가 아는 집에 가서 함께 밥이라도 먹지 않겠어?"

"그래요, 난 어디든 좋아요."

오키미 양은 다나카 군의 손이 가만히 자기 손을 잡는 것을 느끼면서 희망과 공포로 떨리는 가는 목소리로 이렇게 말했다. 그와 동시에 또 오키미 양의 눈에는 마치 『불여귀』를 읽었을 때와 같은 감동의 눈물이 어렸다. 이 감동의 눈물 너머로 본 오가와마치, 아와지초淡路町, 스다초의 거리가 얼마나 아름다웠는지는 물어볼 것도 없다. 연말 세일을 알리는 악대 소리, 눈부신 은단仁丹의 광고등, 크리스마스를 축하하는 삼나무 잎 장식, 사방으로 펼쳐진 만국기, 진열창 안의 산타클로스, 난전에 늘어선 그림엽서와 일력 — 오키미 양의 눈에는 모든 것이 장엄한 연애의 환희를 노래하며 세상 끝까지 찬란하게 이어져 있는 것 같다. 오늘 밤 따라 하늘의 별빛도 차지 않다. 때때로 불어오는 먼지바람도 코트 자락을 휘감더니 금방 봄이 돌아온 듯한 따스한 공기로 바뀌어 버린다. 행복, 행복, 행복……

그러다 문득 오키미 양이 정신을 차려보니 둘은 어느샌가 요코초橫町를 돌아 폭이 좁은 거리를 걷고 있다. 그리고 그 길 오른편에는 작은 채소가게 하나가 있는데 환하게 타는 가스 등불 아래에

무, 당근, 단배추, 파, 순무, 쇠귀나물, 우엉, 덩어리 토란, 유채, 두릅, 연근, 토란, 사과, 귤 같은 것들이 수북이 쌓여 있다. 그 채소가게 앞을 지날 때 오키미 양의 시선이 산처럼 쌓인 파 더미 속에 서있는, 대나무에 불쏘시개를 꽂은 팻말에 우연히 머물렀다. 팻말에는 먹으로 쓴 새까맣고 서툰 글씨로 '한 단에 4전'이라고 적혀 있다. 모든 물가가 폭등한 요즘, 한 단에 4전인 파는 드물다. 이 저렴한 팻말을 봄과 동시에 지금까지 연애와 예술에 취해 있던 오키미 양의 행복한 마음속에서 그곳에 잠재해 있던 실생활이 갑자기 그게으른 잠에서 깨어났다. '지체없이'란 바로 이것을 두고 하는 말이다. 장미와 반지와 나이팅게일과 미쓰코시의 깃발은 순식간에 관심 밖으로 사라졌다. 그 대신 방값, 쌀값, 전기료, 석탄값, 반찬값, 간장값, 신문 대금, 전차요금 — 흡사 불나방이 불로 모여들듯이 그 외 온갖 생활비가 과거의 괴로운 경험과 함께 사방팔방에서 오키미 양의 작은 가슴속으로 몰려온다. 오키미 양은 자기도 모르게 그 채소가게 앞에 발걸음을 멈췄다. 그리고 어안이 벙벙해진 다나카 군을 혼자 뒤에 남겨두고 선명한 가스 등불 빛을 받은 채소들 속으로 발을 들여놓았다. 더구나 급기야 그 화사한 손가락을 뻗어 '한 단에 4전'이라는 팻말이 서 있는 파 더미를 가리키며 〈방황きすらい〉이라는 노래라도 부르는 듯한 목소리로 "저거 두 단 주세요"라고 했다.

　먼지바람이 부는 길에는 차양이 넓은 검은 모자를 쓰고 올이 성긴 줄무늬 반코트의 깃을 세운 다나카 군이 양은 손잡이가 달린 가

느다란 지팡이를 옆구리에 끼고서 혼자 쓸쓸히 서 있다. 다나카 군은 아까부터 이 거리의 변두리에 있는 격자문 구조의 집을 떠올리며 상상하고 있었다. 처마에 마쓰노야松の屋라고 하는 전등이 있고 섬돌이 젖어 있으며 날림공사로 지은 듯한 이층집이지만 이런 길거리에 서 있으니 그 아담한 이층집 그림자가 묘하게 점점 희미해져 버린다. 그리고 그다음에는 서서히 한 단에 4전짜리 가격표를 붙인 파 더미가 떠오른다. 그렇게 생각하자마자 상상이 깨지고 한바탕 먼지바람이 지나감과 동시에 실생활처럼 맵고 눈에 스며드는 듯한 파 냄새가 정말로 다나카 군의 코를 찔렀다.

"오래 기다렸죠?"

불쌍한 다나카는 참으로 한심한 눈빛을 하고 마치 다른 사람이라도 보듯이 오키미 양의 얼굴을 빤히 바라보았다. 머리카락을 예쁘게 한가운데에서 갈라 물망초 비녀를 꽂고 코가 조금 들린 오키미 양은 크림색 숄을 턱으로 살짝 누른 채 한 손에 한 단에 4전짜리 파 두 단을 들고 서 있다. 그 시원스러운 눈에 기쁜 미소를 띠면서.

드디어 간신히 다 썼다. 이제 날이 밝을 때까지 얼마 남지 않았다. 바깥에서는 추운 듯한 닭 울음소리가 들리는데 이것을 애써 다 써도 이상하게 마음이 답답한 것은 어쩐 일일까. 오키미 양은 그날 밤 아무 일 없이 다시 그 미용실 이 층으로 돌아왔지만 카페 여급을 그만두지 않는 한 앞으로도 다나카 군과 둘이서 놀러 나갈 일이 없다고는 할 수 없다. 그때를 생각하면 — 아니 그때는 또 그때다. 내가 지금 아무리 염려한다 해도 어떻게 되는 것이 아니다. 이대로 펜을 놓겠다. 안녕. 오키미 양.

그럼 오늘 밤도 그날 밤처럼 기쁜 마음으로 여기를 나가서 용감하게 ―

비평가에게 퇴짜 맞고 오게.

예술을 사랑한 여자

「파」는 아쿠타가와가 1919년, 27세에 쓴 소설로 그의 평소 작품의 경향에 많은 변화를 보여준 작품이라 할 수 있다. 종래의 역사를 모티브로 한 그의 작품이 현실과 일상성에 눈을 돌려 예술지상주의의 태도를 수정하는 과정에 해당한다. 그러나 아쿠타가와의 소설 중에서는 마이너적인 작품으로 그 평가가 높지는 않았다. 하지만 「파」를 통해 보여지는 아쿠타가와는 사회와 인생의 여러 문제에 성실히 관여한 작가임을 알 수 있다. 당시 잠시 여급 일을 하고 있던 작가 우노 치요宇野千代가 실제 모델이라고 한다. 치요가 미용실 2층에 살았던 것을 비롯해서 공통점이 많다.

이층 방에서 예술을 꿈꾸다

주인공인 오키미 양은 카페의 여급으로, 다케히사 유메지의 그림 속 인물같이, 또는 미국의 여배우 메리 픽포드 같이 어딘가 청순가련한 느낌을 풍긴다.

카페는 일본에서 메이지시대 말부터 출현하기 시작해서 새로운 사교장으로서 급격히 증가하였다. 쇼와시대 초기에는 여급 인구가 전국 6만 명에 달했다. 하지만 수입을 거의 팁에 의존했기 때문에 노골적인 서비스경쟁은 피할 수 없었다. 1919년이라는 시대를 카페 여급으로 살아가는 오키미 양이 팍팍한 현실을 감내했음을 미루어 짐작할 수 있다.

오키미 양이 사는 곳은 어느 미용실의 이층 다다미 여섯 장짜리 작은 방이다. 그곳에는 사라사천을 덮은 빛바랜 탁자 위에 책들이 나란히 꽂혀 있고, 유리병에는 백합 조화가 꽂혀 있으며, 벽에는 라파엘의 마돈나, 가부라키 기요카타의 겐로쿠 여자 등 잡지에서 오린 그림들이 붙어 있다. 예술에 관심이 많은 한 여자의 방이다. 고상한 예술의 세계를 동경하는 인물임에는 틀림없지만, 미국 대통령 우드로 윌슨의 사진을 베토벤의 초상이라 여기는 것에서 알 수 있듯이, 오키미 양의 예술적 수준은 결코 높다고는 할 수 없다. 빛바랜 탁자를 가리는 사라사천처럼 오키미 양은 궁핍함을 예술 작품으로 가리고, 실생활을 외면하고 있다고 할 수 있다.

센티멘털리즘에 숨다

오키미 양이 읽고 있는 책들은 하나같이 남녀의 연애를 다룬 것들이다. 『불여귀』의 나미코는 행복한 결혼생활을 꿈꾸며 결혼하지만 자신은 폐병에 걸리고 둘을 이혼시키려는 시어머니 때문에 남편을 만나지도 못하고 결국 '아아, 괴로워, 괴로워, 이제 여자로 태어나지 않을 거야'라며 죽어간다. 그런가하면 『카르멘』에서 집시 여인 카르멘은 촉망받던 군인 돈 호세의 질투로 죽임을 당하게 되는 비운의 인물이며, 『신아사가오 일기』에서 아사가오는 사랑하는 사람을 연모하며 유랑하다 큰물이 불어 도강을 하지 못해 슬픈 운명에 우는 여인이다.

오키미 양은 특히 『불여귀』의 소설 속 주인공 나미코 부인에게 밤을 새면서 편지를 쓰며 나미코 부인을 위해 운다. 이처럼 현실과 소설 속의 삶이 구별되지 않는 오키미 양의 센티멘털리즘은 방의 궁색함을 가리던 잡지 속 그림들과 같이 스스로를 일상에서 벗어나게 하는 최선의 수단이었다. '오키미 양은 그 실생활의 박해를 피하기 위해, 이 예술적인 감격의 눈물 속에 몸을 숨겼'다. 현실을 벗어나고 싶어 허구의 세계에 숨어버린 것이다. 그리고 오키미 양은 현실을 벗어나는 꿈을 꾼다. 그것은 연애를 통해서이다.

일상을 대면하다

오키미 양의 연애상대는 젊고 이름 없는 예술가인 다나카 군이다. 오키미 양의 예술적 감격이 후광을 입혀서 오키미 양은 다나카 군을 사랑한다고 생각한다. 오키미 양의 눈에 다나카 군은 바이올린도 켜고, 배우 일도 하고, 우타가루타도 잘하고, 사쓰마 비파도 켤 수 있는 정말 대단한 예술가로 보였다. 하지만 예술적 감격의 후광을 벗고 본다면 바이올린처럼 부드러운 목소리로, 배우 같은 반듯한 얼굴로, 시처럼 세련된 말로, 비파를 켜는 것처럼 돈 떼먹는데 재빠른 사람일 뿐이다. 그러나 오키미 양은 다나카 군의 실체를 보지 못하는데, 어쩌면 현실을 숨긴 다나카 군의 모습이 자신을 닮았기 때문인지도 모른다.

하지만 첫 데이트 날 오키미 양은 그동안 감추고 싶었던 일상을 대면하게 된다. 둘이서 길을 가다가 파 한 단에 4전이라는 팻말을 발견한 오키미 양은 다나카 군을 내버려 두고 가게 안으로 뛰어 들어간다. 청량한 파향을 맡음과 동시에 예술에 젖어 있던 자신의 마음속에 실생활이 깨어남을 느낀 것이다. 한편 다나카 군도 둘이서 저녁을 보낼 이층집을 상상하다 '실생활처럼 신랄하게 눈에 파고드는 파 냄새'를 맡으며 정신이 든다. 그리고 파 두 단을 싸게 사서 기쁨의 미소를 지으며 '오래 기다렸죠?'라고 말하는 오키미 양을 멍하니 쳐다본다. 지금껏 동경해왔던 예술 그 어느 것도 오키미 양을 미소 짓게 하진 못했다. 꽁꽁 숨겨왔던, 그리고 숨기고 싶었던 오키미 양의 실생활도 가끔은 이렇게 온전히 '기쁨의 미소'를 짓게 하는 것이다.

七階の住人

7층 여학생

미야모토 유리코
宮本百合子

미야모토 유리코 宮本百合子, 1899~1951

미야모토 유리코는 도쿄제국대학(東京帝国大学)을 나온 유명한 건축가인 주조 세이이치로(中條精一郎)의 첫째 딸로 도쿄에서 태어났다. 본명은 주조 유리(中條ユリ). 유복한 집안에서 자란 미야모토 유리코는 고등교육을 받을 수 있었으며 1916년에 열일곱의 나이로 일본여자대학(日本女子大学)에 입학한다. 그 해 데뷔작인 「가난한 사람들의 무리(貧しき人々の群)」를 『중앙공론(中央公論)』에 발표하며 일약 문단의 주목을 모으게 된다.

데뷔 때부터 주조 유리코(中條百合子)라는 이름으로 활동하던 미야모토 유리코는 일본여자대학을 중퇴한 후 떠난 미국 유학(1918)과 소련 체재 및 서구 여행(1927~1930)을 하면서 작품 활동을 계속한다. 그러던 중 소련에서의 경험 등을 통해 공산주의에 대한 관심이 높아져 1930년에는 일본 프롤레타리아 작가동맹에 가입, 31년에는 일본공산당에 입당하게 된다. 이 시기에 만난 미야모토 겐지(宮本顕治)와 결혼하면서 성이 미야모토로 바뀌었으며 그 후에 필명 또한 미야모토 유리코로 바꾸었다.

미야모토 유리코는 전후(戰後)에 공산당 서기장의 위치까지 올라간 공산주의 운동가였던 남편 미야모토 겐지와의 부부생활 속에서 프롤레타리아 작가로서 왕성하게 활동하며 일본 프롤레타리아 문학을 대표하는 여성작가 중 한 사람으로 자리매김 하였다. 그녀의 문학에는 자신의 삶을 소재로 한 것들이 많으며 대표적인 작품으로는 첫 번째 결혼이 실패하는 과정을 그려낸 『노부코(伸子)』(1926)와 패전의 참담한 현실과 마주한 한 여인의 이야기인 『반슈평야(播州平野)』(1947) 등을 들 수 있다.

7층 여학생

여기에도 있는 거야!

소설 속 크랜포드라는 마을이…….

ここにもあるのよ！

クランフォ―ドが…….

"좋은 아침."

미세스 콤슨이 들어왔다.

"오늘은 방에 있네요."

그녀는 갈색 머리를 고풍스럽게 묶어 올리고 잡부가 입는 것 같은 남색 줄무늬 옷에 긴 앞치마를 하고 있었다.

"좋은 아침이에요……"

노부코(伸子)는 마침 칼라를 달려고 하고 있던 옷을 양팔로 들어 올리면서 침대에서 일어섰다.

"제가 여기 있으면 방해되나요?"

"아니요, 괜찮구 말구요! 조용히 깨끗하게 청소해 드릴게요."

미세스 콤슨은 걸레와 물을 들고 방으로 들어왔다. 먼저 작은 깔개를 복도에 내어놓고 자잘한 것들이 잔뜩 올려져 있는 화장대 위를 정리하기 시작했다.

노부코는 실내복 가운을 어깨에 걸친 채였기 때문에 바느질거리를 가지고 다시 앉았다. 그녀가 있는 곳에서 보면 저쪽을 향해있는 미세스 콤슨의 상반신이 그대로 거울에 비쳤다. 또 그 거울에는 바로 옆에 있는 창문틀 가장자리와 책상 일부도 비쳤다. 3월의 맑게 갠 오전 10시였다. 기숙사에도 이런 때가 있느냐며 놀랄 정도로 건물 전체가 쥐죽은 듯 조용했다. 노부코는 가끔씩 슬쩍 미세스콤슨 쪽을 봤다. 주름투성이 얼굴이지만 광대뼈 위가 꼭 아이처럼 반들반들했다. 그 발간 뺨과 입술에 끊이지 않는 미소의 그림자를띠며 남색 줄무늬 옷을 입은 키가 크고 납작한 상반신을 할머니같이 오른쪽으로 비틀어 젖히면서 신나는 일이라도 하는 듯이 일을 하고 있었다.

노부코가 기숙사에 온 지 석 달이 지나고 있었다. 하지만 미세스콤슨이 방을 청소할 때 마주친 것은 이번이 처음이었다. 그녀는 잠시 있다가 물었다.

"― 깔개 같은 것도 당신이 청소해 주는 거예요? 미세스 콤슨."

"No, dear. 깔개는 한군데 모아서 복도를 청소하는 사람이 두들겨 털지요. 그건 힘이 필요하거든요 ― 나 같은 할머니한테는 힘들죠, 아주 힘들어요."

미세스 콤슨은 눈가에 깊은 주름을 만들며 웃었다. 노부코는 그녀가 말한 복도청소를 담당하는 여자를 이제껏 한 번도 본 적이 없었다. 노부코가 만난 적은 없지만, 이 방대한 기숙사 생활, 나아가서는 그녀의 일상생활에서 필요한 부분을 채워주는 일꾼들은 그 외에도 많이 있었다. 예를 들면 매주 화요일 밤 문밖에 내어두는 세탁물 봉투를 다음 날 아침 8시나 9시에 노부코가 잠에서 깨어 세수하러 나가기 전에 가지고 가는 사람. 그 사람이 몇 시쯤 오는지, 남자인지 여자인지, 아이인지 어른인지, 노부코는 아무것도 몰랐다. 그러나 토요일에는 틀림없이 그 빨래가 모르는 사람 손에 의해 다시 침대 위에 놓여 있었다. 그리고 보니 1층 큰 홀의 늘 하얀 대리석 바닥은 언제 누가 닦는 것일까. 잠이 안 올 때 노부코는 한밤중에 종종 들리는 도로청소부가 일하는 소리를 떠올렸다. 한밤중에 7층의 그녀 방 창문 밖에서 들려오는 것은 호스로 물을 팅겨내는 소리, 돌이 깔린 길을 어떤 쇠붙이가 달린 도구로 북북 긁는 쓸쓸한 소리뿐이다. 창문을 내다봐도 불이 꺼진 맞은편 아파트의 어두운 창문들만 시야에 들어온다. 사람은 보이지 않는다. 다음 날 아침이 되면, 위로 올라갈수록 경사져서 그 끝에 바다라도 있을 것 같은 전망을 뽐내면서 파란 하늘로 꺾여 들어간 길이 어젯밤의 기억 같은 건 싹 지워버린 듯이 가로지르고 있었다. 그런 대도시의 독특한, 형체가 없는 일꾼. 노부코는 이상한 것 같으면서도 음침한 기분을 느꼈다.

노부코는 또 물었다.

"있잖아요, 미세스 콤슨 당신도 여기 사시나요?"

"아뇨, 전 바로 근처에 따로 방을 가지고 있답니다."

숨이 조금 차는 모양이었다.

"가족분들이랑요?"

"No, dear, I am living all alone."

"어머 — 혼자세요?"

"네, 혼자 — 독신이지요."

미세스 콤슨은 말의 무게를 재듯이 천천히 고개를 끄덕이며 답했다. 하지만 발간 뺨 주위의 미소는 나이 든 사람다운 차분함으로 한층 자상한 빛을 띠었다. 노부코는 그녀가 벌써 몇십 년 동안 그런 생활을 해왔다는 걸 알았다.

"그럼 적적하시겠네요. 밥은 여기서 드시나요?"

"아아 그게 말이죠 — 아무래도 여기서 일하는 사람 모두가 바라는 대로 되지는 않아서요. 곤란할 때도 있어요."

지금껏 어딘지 모르게 아이 취급을 하며 대답하던 미세스 콤슨의 얼굴에 갑자기 생기가 돌기 시작했다. 그녀는 완전히 노부코 쪽으로 돌아서서 작지만 진심을 담은 목소리로 호소했다.

"아시다시피 여기엔 학생분들 식당만 해도 세 개 있잖아요. 그 식당 하나에서 대략 팔구십 명의 식사를 준비하니까 언제나 외출하신 분들 몫으로 열 명이나 스무 명 분이 남곤 하죠. — 그런데 젊은 아가씨가 그걸 척척 내다 버리시니까 어차피 버릴 거라면 나누어 줬으면 좋겠다 싶어서 미스 하우든에게도 부탁해 봤는데 —."

"안된대요?"

미세스 콤슨은 갈색 올림머리와 부지깽이처럼 뼈가 앙상한 큰 손을 노부코의 얼굴 앞에서 동시에 내저었다.

"아무것도 모르세요, 그분들은. 그저 그 정도의 일이 우리 생활에 어떤 관계가 있는지를요. 굶어 죽지 않을 만큼 급료를 주고 있으니까 됐다고 생각하고 계실지도 모르죠."

그때 그녀는 빈정거리는 것 같으면서도 슬픈 미소를 주름 투성이 얼굴에 한가득 띠면서 더 작은 목소리로 노부코에게 속삭였다.

"— 그분들은요, 인생 같은 건 조금도 모른다구요. 기숙사에서 학교, 학교에서 기숙사잖아요. 살아있는 규칙이라도 되는 양!"

노부코는 칼라를 다 단 옷으로 갈아입고 화장대 앞에서 매무새를 조금 가다듬었다. 미세스 콤슨의 청소도 끝났다. 그녀는 노부코 뒤쪽으로 다가왔다.

"당신에겐 이 나라 옷이 잘 어울려요. 게다가 좋은 옷을 가지고 계시니까."

"그런가요 —. 고마워요. 이제 먼지가 싹 없어졌네요."

노부코는 책상 위에 있는 책 같은 걸 옮겼다. 미세스 콤슨은 바로 나가지 않고 비뚤어진 침대 커버를 바로 했다. — 그녀가 방에 들어왔을 때 노부코는 이렇게 만나는 일도 흔치 않으니까 수고비를 조금 주려고 생각했다. 하지만 이야기를 하는 중에 심사가 뒤틀렸다. 미세스 콤슨이 동정심을 불러일으키는 데에 성공했다고 생각하는 건 싫었다. 다음에 줘야겠다, 빨리 방에서 나가주면 좋을 텐데 하며 책상과 침대 근처를 서성였다.

미세스 콤슨은 가기 싫은 듯이 있다가 이윽고

"— Well……."

이라고 중얼거리면서 으쌰하며 물통을 들고 문턱을 넘어가기 시작했다. 창문 쪽을 바라본 채로 노부코는 저도 모르게 크게 웃었다. 정말 수고비 같은 건 포기했다는 할머니의 실망스런 감정이 생생히 느껴져 절로 호의가 샘솟았다. 노부코는 서둘러 책상 서랍을 열었다.

"잠깐만요! 미세스 콤슨."

그녀는 일본에서 축의금을 넣을 때 쓰는 봉투를 찾아서 1달러를 넣었다.

"이거요."

반사적으로 앞치마에 닦고 내민 미세스 콤슨의 손바닥에 붉은색과 은색으로 삼잎 무늬를 낸 작은 봉투를 얹고서 노부코는 상대의 의아해하는 시선에 웃음으로 답하고 방문을 꼭 닫았다.

— ○ —

기숙사 전체에 휘저어 놓은 비눗물처럼 기운차고 활기찬 거품이 일어 있었다. 저녁 식사 때였다. 복도에서는 탁탁 달려가는 발소리와 함께 "잠깐만! 기다리라니까! 이제 다 했어" 하며 높은 콧소리로 소리치는 게 들렸다. 노부코의 방과 가까운 세면장 문이 바쁘게 열리고 닫혔다. 누군가가 바로 옆방 문을 노크했다.

"플로라, 밥은?"

방 안에서는 한창 옷을 갈아입는 중인 듯 웅얼거리는 목소리로 드문드문 답했다.

"아, 지금 가. 나는 오늘 손님이 오기로 했어 —."

노부코는 방을 열쇠로 잠그고 엘리베이터 쪽으로 갔다. 벌써 네다섯 명이 기다리고 있었다. 어쩐 일인지 엘리베이터가 아까부터 올라오지 않는다고 했다. 이름을 모르는 금발 소녀는 짜증을 내며 "어떻게 된 거야, 대체" 하며 기둥의 버튼을 계속 눌러댔다.

"난 정신을 잃을 거 같애, 배가 너무 고파서……."

"오오, 불쌍하게도!"

친구 중 한 사람이 진지하게 얼굴을 찡그리며 녹색 점퍼 포켓에서 뭔가를 꺼내주었다.

"자, 이거라도 입에 넣고 얌전히 있어. 맛있을 거야."

모두 배가 고팠기에 자기도 모르게 진지하게 점퍼에서 꺼낸 것을 봤다가 다 같이 발을 구르며 웃기 시작했다.

"이거 멋진걸! 자, 먹으라구. 그치만 아무래도 조금 짜 보이는데 — 하하하."

손때가 잔뜩 탄 둥근 지우개를 주거니 받거니 하며 소란을 피우는 와중에 엘리베이터가 쓱 도착했다. 그러나 오긴 했지만 사람이 꽉 차 있어 구석에서 겨우 엘리베이터를 운행하고 있던 젊은이가 붉어진 얼굴로 뭔가 양해를 구하는 듯한 말을 철망 너머로 건넸다. 복도에 있는 사람과 엘리베이터 안에 있는 사람이 친구끼리 손을 흔든다. 엘리베이터는 거의 멈추지 않고 올라갔다.

"너무해! 그렇다면 계단으로 올라갈 수밖에."

금발 소녀가 과장된 몸짓으로 계단을 한 칸씩 뛰어넘으면서 올라가기 시작했다. 노부코는 아침에는 식당까지 이 계단을 걸어 올라갔다. 그리고 아침 시간에 늦어 식당에 들어가지 못해서 기숙사 건너에 있는 찻집에서 구운 사과를 먹는 일도 흔했다.

식탁에서 이틀 만에 도요코豊子를 만났다. 노부코는 미스 하우든의 배려로 일부러 도요코의 옆자리를 받은 것이었다.

"잘 지냈어? 어제는 완전히 엇갈렸네."

"아아, 난 실험이 있어서 시내를 갔었으니까 — 신문이 왔어. 괜찮으면 보러 와."

"오늘 밤엔 시간 괜찮아?"

도요코는 버릇처럼 아래턱을 내밀 듯이 끄덕이면서 선배답게 대꾸했다.

"— 뭐 괜찮아."

노부코가 있는 데서 주방과 식당을 나누는 네 개의 문이 정면으로 보였다. 소녀 급사가 두 번째 문을 탕하고 발끝으로 차서 열고는 큰 주석 쟁반에 스프 그릇을 올린 것을 들고 이쪽으로 나오려고 했다. 가슴 언저리에서 크고 무거운 쟁반이 방해하고 있기에 생각처럼 다리를 뻗을 수가 없어서 문은 충분할 만큼 열리지 않았고 바로 반동이 돌아왔다. 힘을 조금 더 주니 쟁반까지 뒤엎어버릴 정도의 반동으로 문이 되돌아왔다. 또다시 발로 찬다. — 신경이 쓰여 그쪽을 보고 있자 왼쪽 옆의 미스 홀포드가 노부코에게 말을 걸었다.

"미스 삿사, 빗자루를 좋아해?"

"빗자루? 빗자루라니 무슨 소리야."

건너편 구석 자리에서 미스 그레이가 웃음을 터뜨릴 것 같은 얼굴을 겨우 진정시키고 나무랐다.

"도라!"

도라는 활 모양으로 들러붙을 것 같은 까만 양 눈썹의 한쪽을 들어 올리며 '괜찮다구' 하는 표정을 지었다.

"응, 너 좋아해?"

노부코는 애당초 같이 밥을 먹는 친구들을 좋아하지 않았다. 무슨 이야기인지 감이 안 잡히는 얼굴을 하고 있자 그레이가 거들어 줬다.

"— 오늘 밤에 우리들은 빗자루를 내내 바라볼 수 있는 영광을 얻었거든요."

저쪽, 저쪽 하며 눈짓을 한다. 그쪽을 보고 노부코는 쓴웃음을 지었다.

"바보들!"

제일 가장자리에 있는 손님 식탁에서 마치 빗자루 같은 머리를 한 젊은이가 식사를 하고 있었던 것이다. 도라는 그레이를 붙잡고 노부코가 알아들을 수 없는 그들만의 언어로 아직도 방금 전의 얘기를 계속하고 있었다. 그리고는 몰래 웃음을 터뜨렸다. — 도요코는 아무것도 모르는 양 옆을 지나치는 소녀 급사를 불러 세웠다.

"코코아를 주세요."

다양한 감정이 비쳐 보여서 노부코는 깊은 흥미를 느꼈다.

기숙사에 오는 남자 손님은 1층 현관에서밖에 만날 수 없었지만 허가를 얻고 준비가 되면 8층 식당에서 함께 식사를 할 수 있었다.

노부코가 온 후 그런 손님이 몇 명 있었는데 누구나 마치 시골 사람처럼 얼빠져 보이는 젊은이들뿐이었다. 또 그런 사람이 아니라면 이렇게 왁자지껄하고 이보다 더 맛없을 수 없는 기숙사 밥을 먹으러 오지는 않을 것이다. 손님을 부르는 쪽도, 불러서 오는 쪽도 도시에 익숙하지 않은 사람들 같았다. 거기다 식당 담당인 노처녀의 호의인지 손님 식탁은 언제나 꼭 입구와 가장 가까운 구석에 있었다. 몇십 명이나 되는 한참 웃을 나이의 약삭빠른 젊은 여자애들의 시선이 거미줄처럼 한군데로 쏠린다. 눈을 내리뜨고 굳어져서 성찬이라도 받아든 듯이 앉아 있는 젊은이는 싫어도 눈에 들어올 수밖에 없다. 또한 마주 보고 앉아 말도 몇 마디 못 나누면서 등 뒤로 신경을 빼앗기고 있는 여자에게도 즐거운 식사라고 하기는 힘들 것임이 틀림없다. 주근깨가 있는, 정말로 막 만든 빗자루 같은 머리를 한 젊은이가 절절매면서 중대한 문제라도 심의하는 듯이 이야기를 하고 있는 것을 보고 노부코는 조금 안됐다는 생각이 들었다.

노부코는 도요코와 식당을 나왔다. 두 사람은 엘리베이터 앞에 멈춰 섰다.

"— 어차피 바로 또 내려가야 하니까 지금 밑에 내려가 있고 싶은데."

"그래도 괜찮지."

7시 40분부터 아래층의 응접실에서 모임이 있었다.

모임은 30분 정도로 끝났다. 열어둔 양쪽 여닫이문으로 어두운 얼굴을 한 여자애들이 줄줄이 나온다. 먼저 나온 노부코는 도요코를 기다렸다. 도요코는 올해 졸업하는 학생 중 한 명과 이야기를 나누면서 나왔다.

"안녕, 내일 봐. 그 시험은 괜찮아, 사람에 따라서 어렵긴 해도."

노부코는 도요코와 나란히 걸으면서 말했다.

"난 왠지 불쾌해졌어."

도요코는 냉정한 표정으로 노부코를 봤다.

"— 아무도 좋아하는 사람은 없어."

"예민하니 어쩌니 하는 주제에 그런 건 아무렇지도 않은가 봐, 참 싫다."

미스 하우든은 학생들을 모아놓고 요즘 주의를 줄 필요가 있다고 생각한 여러 가지 일에 대해 이야기했다. 사람들 이목을 끄니까 언제까지고 문 있는 데에 서 있으면 안 된다든지 설령 정말로 좋아하는 사람하고라도 cheek to cheek dance는 추지 않는 게 보기 좋다든지. 또 여기저기에서 소리를 죽이고 웃게 만든 주의사항이 하나 있었는데 애인이 청해서 극장이나 밤 연회에 자주 가는 사람이 있다. 12시 지나서 들어오는 건 괜찮지만 기숙사의 큰 홀 안까지 상대가 바래다줘도 헤어지지 못하고 구석에 서서 또 그때부터 긴 시간 이야기를 하거나 뭔가를 하고 있다. 그건 도무지 좋은 습관이라고는 할 수 없다 등.

"그때까지 충분히 좋은 시간을 보내셨을 테니까 이제부터 그런 일은 누가 됐건 하지 말아 주십시오. 현관에 있는 미스터 와이본도 아마 그다지 기쁘지는 않을 겁니다."

와이본은 6시부터 현관 문지기를 맡은 클레망소* 같은 수염이 난 커다란 할아버지였다. 그는 바로 옆에서 젊은이들이 뒤엉켜 있는 것을 겸연쩍게 느끼면서도 그 당당한 수염을 움쩍도 하지 않고 기숙사에 돌아온 시간이 기입된 외출부를 바라보며 앉아 있어야 했다. ─ 기숙사다운 만화적인 재미가 느껴져 노부코도 웃었다.

"그리고 한 가지 더 말씀드릴 것이 있는데 ─ 어제 세탁실에서 시트 한 장을 엉망으로 만들어서 넣어놓은 게 발견됐습니다."

미스 하우든은 뒤를 돌아보며 그녀의 비서 같은 역할을 맡은 학생 하나에게 뭔가 눈짓을 했다.

"이겁니다 ─ 누군가 짚이는 곳이 없나요."

하얀 블라우스를 입은 그 여자애는 지시와 동시에 팔을 활짝 벌려 시트를 모두 앞에 펼쳐 보였다. 시트는 한중간에 큰 얼룩이 있었고 다리미질을 잘못해서 심하게 타버린 자국이 남아 있었다. 노부코는 왠지 똑바로 보는 것이 힘들었다.

"여러분, 만약 어머니 집에 있었다면 시트를 이렇게 해놓고 모르는 척 할 겁니까? 안 그럴 거잖아요? 난 이곳의 어머니 같은 존재니까 집에 있을 때와 마찬가지로 행동해 줬으면 좋겠습니다."

처참한 모습의 시트는 휘황찬란한 샹들리에 아래에서 꼼짝없이 펼쳐진 상태 그대로이다.

---

* 조르주 클레망소(Georges Clemenceau, 1841~1929), 프랑스의 정치인.

"부디 숨기지는 말아 주세요. — 정말로 짐작이 가는 곳이 있는 사람은 없습니까."

노부코는 시간이 지나도 계속 더러운 시트를 쳐다보게 만들어서 점점 불쾌해져 화가 나는 걸 느꼈다. 왜 그렇게 되었는지 누구나 짐작은 갔다. 스물을 넘긴 여자애들밖에 없으니 어딘가에 당사자가 있다면 간단히 말로 주의를 준 것만으로 충분히 알아듣게 만들어 목적을 이룰 수 있을 것이다. 하지만 악착같은 추궁이 노부코에게 강한 혐오감을 주었다. 시트를 둘둘 말아놓은 여자애보다 그런 식으로 위엄을 갖춘 엄숙한 얼굴로 그것을 일부러 펼쳐 보여주면서 아무렇지도 않은 사람 쪽이 그녀는 훨씬 더 미웠다.

"— 그럼 짐작이 가는 분은 나중에 제 방으로 와 주십시오."

미스 하우든은 가볍게 머리를 움직였다. 간신히 시트가 접혔다. 한순간에 안도하는 분위기가 느껴졌다. 막연한 불쾌감과 미스 하우든의 방에 갈 사람 같은 건 없을 거라는 예측. 모두들 싫은 내색을 보이며 말도 별로 없는 상태로 방을 나왔다.

노부코는 기분이 울적하여 곧바로 다시 좁은 엘리베이터에 실려 올라갈 마음이 들지 않았다.

"걸어서 올라가지 않을래? 너희 방까지 —."

도요코의 방은 4층에 있었다.

"있잖아, 이이지미飯島 씨. 난 역시 기숙사가 싫어."

"— 사람이 많으면 아무래도 자기 혼자만 편하게 지낼 수는 없지."

"그치만— 이러쿵저러쿵 시끄럽다구.— 남학생 기숙사도 이럴까?"

돌계단을 오르고는 모퉁이를 돌고, 돌고 나서는 다시 올라가는 사이에 노부코는 땀이 날 정도로 온몸이 따뜻해졌다. 그러면서 나빴던 기분도 그럭저럭 풀리기 시작했다. 생각해 보면 뚱뚱한 몸에 계피색 명주옷을 입고 코안경을 쓴 미스 하우든과 그 옆에 황후의 깃발이라도 떠받들고 있듯이 펼쳐진 타버린 시트. 그리고 화난 새끼고양이처럼 뚱하게 반원형으로 앉은 많은 학생들이 일제히 그 모습을 노려보고 있는 비통한 광경을 벽이 구경하고 있었다면 얼마나 웃겼을까!

— 갑자기 노부코는 자못 기쁜 일이라도 발견한 듯이 계단을 뛰어가서 도요코의 어깨에 손을 얹었다.

"저기 소설 『크랜포드*Cranford*』* 읽었어?"

그녀는 싱글벙글하며 장난기 많은 눈을 계속 빛내고 있었다.

"똑같지 않아? 기분이 말이야. — 그치? 그렇지? — 여기에도 있는 거야! 소설 속 크랜포드라는 마을이……."

---

* 빅토리아 시대를 대표하는 여성 문학자인 엘리자베스 개스켈(Elizabeth Gaskell, 1810~1865)의 작품.

유토피아가 되지 못한 여성공동체

미야모토 유리코는 일본의 대표적인 프롤레타리아 작가로 알려져 있는데 1927년부터 소련에서 생활하면서 본격적으로 공산주의의 영향을 받아 1931년에 일본 프롤레타리아 작가동맹日本プロレタリア作家同盟에 가입함으로써 프롤레타리아 문학자로서 활동을 시작하였다. 미야모토 유리코가 소련으로 향하기 한 해 전에 발표된 「7층 여학생」은 그녀가 프롤레타리아 문학자로 변신하기 직전의 작품이라고 할 수 있다.

「7층 여학생」은 1926년 2월 잡지 『문예춘추文藝春秋』에 발표된 소설로 노부코라는 소녀를 주인공으로 하여 어느 외국 여학교 기숙사의 평범한 일상을 그린 작품이다. 이 소설의 배경이 되는 나라가 어디인지 작품 속에 나와 있지는 않지만 등장인물이 영어를 쓴다는 점과 작가 본인이 열아홉 살에 아버지와 함께 미국 유학을 떠나 콜롬비아 대학에서 수업을 들었다는 사실로 미루어 볼 때 미국의 기숙사가 배경이라고 추정할 수 있다.

고상한 여학교 기숙사의 숨겨진 민낯

언뜻 보면 「7층 여학생」은 유학 가서 고등교육을 받는 상류계층 아가씨의 특별할 것 없는 일상을 그린 소설처럼 느껴진다. 소설은 두 부분으로 나누어져 있는데 오전에 방을 청소해주러 온 미세스 콤슨과 대화를 나누는 부분과 저녁의 식사 시간 및 그 뒤에 이어진 기숙사 사감의 훈시 시간의 스케치가 소설의 전부이다.

소설은 많은 정보를 의도적으로 감추고 있다. 배경이 되는 나라나 도시라는 공간적 배경이 명확하지 않으며 소설의 전반부와 후반부가 하루 동안 일어난 일인지 다른 날인지도 드러나 있지 않아 시간적으로도 불명확하다. 주인공 노부코를 비롯한 등장인물의 배경이나 설정 또한 극히 일부만이 드러나 있을 뿐이다. 이 소설에는 필연적으로 사건이 일어나게 되는 인과관계가 전혀 등장하지 않으며 그저 노부코가 맞닥뜨린 일상의 한 단면을 아무런 설명 없이 독자의 눈앞에 바로 보여주고 있는 것이다. 하지만 특별한 사건 사고 없이 흘러가는 듯이 보이는 그 일상 속에는 사회의 계층과 대립이 감추어져 있다.

소설의 배경이 되는 기숙사는 대도시로부터 거주자들을 보호라도 하는 것 같은 단절된 공간으로 여자들로만 구성되어 있는 세계이며 그 속에서 남성은 현관 문지기인 와이본이나 기숙사 식당에서 밥을 먹는 남자 손님처럼 여성의 눈에 비친 객체로만 존재한다. 기숙사 안에서 규율을 만들어 내고 생활을 영위하는 주체는 여성이며 그녀들은 외부와는 격리된 사회를 구성한다. 남성 권력이 중심이 된 1920년대의 사회 속에서 「7층 여학생」의 기숙사는 여성들만의 질서로 이루어진 곳으로 보이지만 동시에 계급사회와 자본주의 같은 바깥 사회의 논리에 지배당하고 있는 곳이기도 하다.

여성이라는 평등하고 동일한 존재로 구성된 것처럼 보이는 기숙사에는 고용주와 노동자, 도시 사람과 시골 사람, 서양인과 동양인이라는 계층이 존재하며 이들 사이의 대립은 서로를 적대시하거나 경시하며 배척하는 형태로 나타나기보다는 더 자연스럽고 일상화된 모습으로 나타난다. 노부코의 방을 청소하러 온 미세스 콤슨은 기숙사 식당에서 버려지는 음식을 얻지 못하는 것에 한탄하지만 그 모습을 바라보는 노부코의 시선은 냉소적이다. 또 시골에서 온 것 같은 기숙사 식당의 남자 손님은 여학생들에 의해 구경거리로 전락한다. 이처럼 기숙사 안에서 일상화된 대립의 갈등이 폭발적으로 드러나는 부분이 관리자인 미스 하우든이 기숙사생들을 모아놓고 훈시하는 장면이다.

남자친구와의 교제 방식에 주의를 주고 더러운 시트를 내어놓은 범인을 추궁하는 미스 하우든의 훈시 속에는 여자는 정숙하고 청결해야 한다는 전제가 깔려 있으며 관리자의 규율에 따라 관리 대상을 억압하는 구조가 엿보인다. 더러워진 시트 한 장을 둘러싼 미스 하우든의 훈시는 엄숙하지만 우스꽝스럽다. 상류계층 아가씨들의 기숙사는 겉으로는 고상해 보이지만 그 속에는 계층을 둘러싼 냉소와 조롱이 있고 그곳을 지배하는 규율은 우스꽝스럽기만 하다. 노부코는 그와 같은 광경을 보며 소설 『크랜포드』를 떠올린다. 여자들만으로 구성된 세계 — 기숙사 생활 — 에서 느끼는 부조리함과 현실감각과 동떨어진 우스운 상황이 주는 느낌이 『크랜포드』를 읽었을 때 느끼는 기분과 똑같다는 사실을 깨달았던 것이다.

여자들만의 세계에서 여자는 행복한가

소설 『크랜포드』는 영국 빅토리아 시대의 여성작가 엘리자베스 개스켈의 대표작으로 1853년에 발표되었다. 소설의 배경이 되는 크랜포드 마을은 "아마존이 지배하는 지역"으로 마을에서 재산을 가지고 있는 대부분의 사람이 여성이고 남성은 거주하지 않는 전원의 한적한 마을이다. 세상에서는 어림도 없는 순진함 — 크랜포드 마을을 움직이는 여성들의 질서 — 이 먹히는 곳으로도 표현되어 있는 크랜포드 마을에 살고 있는 여성들은 생활적인 부분은 공유하지만 자신의 생각은 공유하지 않는다. 공동체를 이루는 여성들은 신분이 달라도 함께 도우며 역경을 헤쳐 나가는데 그 과정에서 사회의 부조리와 여성들의 정서적인 유대가 대비를 이루며 나타나 있다. 크랜포드 마을을 통해 바깥 사회와는 다른 여성들이 주도하는 세계를 그려낸 『크랜포드』는 삶에 닥친 문제를 해결해가는 여성들의 용기와 그 속에서 빛나는 여성들의 우정이 넘치는 따뜻한 이야기로 읽혀지고는 한다. 하지만 노부코는 갈등과 억압으로 점철된 기숙사 생활을 빗대면서 『크랜포드』를 가져온다.

「7층 여학생」의 기숙사는 여성들의 질서가 지배하는, 바깥 사회의 논리로는 설명되지 않다는 점에서 소설『크랜포드』의 크랜포드 마을과 공통점을 보인다. 또한 이 두 작품은 여성들만의 세계를 그렸다는 점뿐만 아니라 여성들의 대단할 것 없는 일상 속에서 인생과 사회의 본질적인 부분에 대해 생각하게 만든다는 점에서도 공통점을 가지고 있다.

『크랜포드』는 여성들이 삶의 한 가운데에서 맞닥뜨린 여러 문제 — 파산, 결혼, 죽음 등 — 를 신분 계급을 뛰어넘은 여성들의 우정과 유대로 극복해가는 과정을 그리고 있지만 진정으로 그 속에 존재하는 계급구조와 여성들 사이의 규율로 발생하는 억압적인 관계가 해소되었다고 보기는 힘들다. 후반부의 큰 사건으로 등장하는 매티 양의 파산은 그녀가 생활의 안정을 되찾으며 겉으로는 원만히 사건이 마무리되고 마을에 평화기 돌아오는 듯 보이지만 평민 의사와 결혼한 귀족 미망인을 둘러싼 갈등과 신분이 다른 여성들 사이에 존재하는 서열 등의 문제를 그대로 묻어둔 채 소설은 끝이 난다.

『크랜포드』에는 크랜포드 마을이라는 여성공동체가 바깥 사회와 격리된 세계임에도 바깥 사회의 부조리함이 존재하는 동시에 격리된 공동체의 규율이 또 다른 억압으로 작용하는 모습이 그려져 있다. 이러한 점에서 노부코는 자신이 살고 있는 기숙사가 크랜포드 마을과 같다고 말하는 것이리라.『크랜포드』와「7층 여학생」에 그려진 여성들이 만든 세계는 겉으로는 고상하고 우아한 유토피아적인 공간처럼 보이지만 현실 세계의 부조리함과 그들만의 공동체에 내재된 갈등과 억압이 뒤섞이면서 바깥 사회보다 더 가혹한 일면을 드러내고 있다.

ただ見る

그저 보다

사사키 후사
ささきふさ

사사키 후사 ささきふさ, 1897~1949

공원을 설계하는 공무원이었던 나가오카 야스헤이(長岡安平)의 넷째 딸로 도쿄에서 태어난 후사코(房子)는 11살에 오하시(大橋) 집안으로 시집간 언니 시게루(繁)의 양녀가 되면서 성이 오하시로 바뀐다. 처음에는 오하시 후사코의 이름으로 문예활동을 시작했지만 아쿠타가와 류노스케(芥川龍之介)의 중매로 소설가이자 잡지편집자였던 사사키 모사쿠(佐佐木茂索)와 결혼하면서 사사키 후사라는 이름으로 본격적인 작품 활동에 들어가게 된다.

사사키 후사는 미션스쿨인 아오야마가쿠인(青山学院) 영문과에 진학하면서 기독교에 영향을 받았으며 1920년대에 활발히 활동했던 여성운동가이자 모던걸의 상징인 양장과 단발을 즐겨한 선구적인 존재로 알려져 있다. 1923년에는 로마에서 열린 제9회 만국여성참정권대회에 일본 대표로 참석하여 연설하기 위해 일본을 떠나 약 1년 2개월에 걸쳐 서구사회를 경험하였는데 이는 당시 여성으로서는 파격적인 행보였다.

사사키 후사는 철저하게 남성 작가 중심이었던 1930년대 초의 일본 모더니즘문학에서 활약했던 아주 드문 여성작가 중 한 명이었다. 그녀는 여성을 둘러싼 여러 문제에 대해 관심을 가지고 활동하면서도 동시에 한편으로는 여성을 성적으로 대상화하는 경향이 짙게 보이는 유파의 일원으로 활동했던 것이다. 사사키 후사의 작품은 주로 단편소설이 많으며 지식인의 내면을 섬세하게 표현했다고 평가받는다. 대표작으로는 「어떤 대립(ある対立)」(1926), 「어느 날의 사건(ある日の出来事)」(1929) 등이 있다.

그저 보다

나는 이미 'Spleen de Tokio(도쿄의 우울)' 속에 있었다.

私は既にSpleen de Tokioの中にあった。

나방

한낮의 길 위에서 나는 흔치 않게 남편과 함께 있는 마코麻子 씨와 우연히 마주쳤다. 스포츠맨인 도키오時雄 씨의 어깨는 올려다봐야 했는데 두 살 정도 된 여자아이의 묘하게 심각한 얼굴이 그 다부진 어깨 부근에서 올라왔다 내려갔다 하고 있었다.

"어느새에 ─?"

나는 여자아이의 묘하게 심각한 얼굴을 보고 나서 부부의 얼굴을 번갈아 쳐다보았다.

"누구랑 닮았어?"

"글쎄, 누구랑도 ─."

닮지 않았다고 말하려던 나는 그런 말은 꺼내지 말아야 했다고 생각했다. 그늘 같은 것이 부부의 얼굴에 동시에 스쳐 지나갔기 때문이다. 그리고 나는 잊고 있었던 가십 하나를 별안간 생각해 냈다. "— 마코 부인은 도키오 씨보다는 도케道家라는 댄스 청년과 춤추는 일이 더 많아."

그들과 금방 헤어지고 나서 나는 자주 노트를 빌리러 왔던 열아홉 시절의 그녀를 떠올렸다. 그녀는 그 무렵 폐병 제1기였는데 가무잡잡하지만 이상하게도 맑은 뺨에는 언제나 볼그레하게 아름다운 피가 가득 차 있었다. 처음으로 여자의 아름다움을 나에게 가르쳐준 것은 그녀였다. 그녀는 얼마 있지 않아 병 때문에 학교를 그만두었다. 그러고 나서 '운동을 하기 위해' 댄스를 배우기 시작했다. 뒤이어 '지루함을 달래기 위해' 신문사에 들어갔다. 그리고 스포츠맨인 도키오 씨와 결혼했다. 하지만 2, 3년 사이에 어느샌가 엄마가 된 오늘의 그녀는 피부가 몰라볼 정도로 검푸르게 탁해져 있었다. 나는 단정한 이목구비를 가진 그녀의 어느 곳에서도 이제 여자의 아름다움을 느낄 수가 없었다.

— 폐병은 여자를 아름답게 만들고, 그리고 나서 추하게 만드는 것일까. 아니면 생활이 — 나는 좀 우울했다.

욕조에 담긴 따뜻한 물을 찰방거리고 있을 때

"댁에 아무도 안 계세요?"

라고 외치는 여자 목소리가 들렸다. 마당에서 부르고 있는 것 같았다. 나도 욕실 안에서 목소리를 높였다.

"누구세요?"

"나."

"마코 씨?"

"응―."

"웬일이래."

나는 한 번 더 목소리를 높여 일하는 사람을 불렀다.

얼른 몸을 닦고 나가자 마코는 아직 마당에 서 있었다.

"왜 안 들어오고 있어?"

"그래도―."

"같이 온 사람이 있는 거 아냐?"

그녀는 우물쭈물했다. 나는 바로 일하는 사람에게 도케 씨를 모셔오라고 시켰다.

"그래도 너무 오래는 못 있어. 실은 오늘 어디 좀 같이 가자고―."

"지금 어디 가?"

여름날은 벌써 완전히 어두워져 있었다.

"후지쿠라藤倉 씨 저택에서 댄스파티가 있어."

"나를 댄스파티에?"

"그렇게 말할 거라고 생각했어. 그래도 바로 근처고 거기다 필리핀 재즈가 너무 좋다는 얘기를 들었어. 오늘 밤은 우리도 춤추러 가는 게 아니거든."

"믿기 힘든 얘기로구만." 어둠 속에서 남자 목소리가 났다. 뒤이어 도케가 하얀 파나마모자를 들어 올리면서 방 모퉁이 쪽에서 나타났다. "하지만 난 절대로 안 출거요."

"나라고 뭐 —."

"이 아가씨가 말하는 건 미덥지 못해서 말이지. 하지만 난, — 어때요, 나를 춤을 안 추는 동지로 삼아 같이 가지 않겠소."

"춤출 상대가 없어 그저 벽에 서 있는 월플라워wallflower가 되려고 간다는 말이네요."

"아무도 당신을 월플라워라고 생각지는 않을 거요."

"이제 플라워도 아니구요."

"글쎄요 —."

도케는 벌어진 상의의 가슴팍 틈에서 파나마모자의 가장자리를 만지작거리고 있었다. 저 사람이 도케라고 호텔 앞에서 누군가가 가르쳐 줬을 즈음의 그는 기름을 발라서 긴 머리를 올백으로 넘긴 아주 꼴사나운 댄스 청년이었다. 하지만 그 긴 머리도 어느샌가 하얀 밑바탕이 비쳐 보일 정도로 옅어졌다. 그와 함께 꼴사나움도 옅어진 것마냥 지금 내 앞에 아주 약간 머뭇거리며 서 있는 그는 조금도 반감을 불러일으키지 않는 중년의 신사였다.

우리 집은 비좁고 어수선한 저지대 한구석에 있다. 그러나 근처의 고지대는 유명한, 하지만 생각해 보면 이름도 못 들어본 부르주아들에 의해 점령당해 있었다. 나는 부富의 많고 적음을 토지의 높고 낮음에 빗대어 생각하게 만드는 것이 불쾌했기에 이 층 창문은 절대로 열어보지 않았다. 그렇지만 그들 생활의 외곽은 열리지 않는 창문틀의 작은 구멍을 통해 거꾸로 뒤집혀서 아침의 침실에 멋대로 쳐들어왔다. 잠에서 깬 내 눈에 비친 콩알만한 크기의 뒤집힌 풍경은 꿈의 연속인 것만 같아 기뻤다.

도케가 운전하는 크라이슬러가 언덕을 다 올라가 모퉁이를 하나 돌자 나무들의 잎사귀 너머로 빛나는 여러 층의 창문이 나타났다. 지금 막 나온 달빛을 걸러내어 하얗게 뜬구름 사이에서 성처럼 보이는 높은 건물의 외곽은 — 바로 그건 콩알만 한 크기의 뒤집힌 풍경 속 성이었다.

— 정말 멋들어진 재즈군.

계단을 돌아서자마자 색소폰이 고급종이에 부딪혔을 때와 같은 울림을 내었다. 이어서 마룻바닥과 마찰하는 발소리가 쓰윽쓰윽 하며 아주 탁하고 환멸적으로 울려 퍼졌다. 우리는 하얀 장갑을 낀 하인이 이끄는 대로 눈부신 무도회장 마루를 밟으며 춤추고 있는 원의 바깥을 지나쳐 안쪽 한구석에 자리 잡았다.

이 건물 내부는 그 역시 꿈의 연속인 것처럼 지극히도 호사로웠다. 하지만 모여 있는 남녀는 결코 꿈속의 남녀가 아니었다. 너무 짧은 스커트, 음악을 소화해내지 못하는 다리, 흙이 묻은 신발 바닥. — 필리핀 악단을 비롯한 외국 사람 눈에는 거리낌 없는 경멸의 비웃음이 떠올라 있었다.

"Thats you Baby!"*

그러나 춤추는 남녀는 춤을 추는 행위, 거기에만 정신이 팔려있

---

* 1920년대 말 유행했던 재즈곡. 원래 제목은 "That's you Baby"이지만 일본어 원문에 표기된 그대로 옮겼다.

었다.

거무스름한 다부진 체격의 신사가 악단이 있는 자리 옆에서부터 두르지 않고 곧장 우리가 있는 구석으로 다가왔다. 그가 후지쿠라 씨일 거라고 나는 직관적으로 생각했다.

"꼭 와 주셨으면 해서, 실은 마코 씨에게 부탁을 드렸던 바입니다."

그는 외모와 마찬가지로 역시 거무스름한 느낌을 지닌 저음으로 에두르지 않고 직설적으로 말했다. 꼭 와 주셨으면 했다는 말은 꼭 춤을 춰줬으면 한다는 의미가 틀림없었다. 하지만 나는 일부러 맹한 얼굴로 꼭 와 주셨으면 했다는 말을 꼭 와 주셨으면 했다는 의미로밖에 알아듣지 못한 척을 하고 있었다.

나는 문득 이브닝드레스를 입은 어깨에 몹시 선득한 바람을 느꼈다. 바람은 휙 불어와 나무 마루를 스쳐 맞은편 창문으로 빠져나갔다. 나무들 건너편에는 큰 구름이 불온한 속도로 달리고 있었다. 잔디에 떨어진 밝고 어두운 반점도 — 나는 하마터면 소리를 낼 뻔했다. 펄럭하며 정면으로 내 얼굴을 때리는 것이 있었기 때문이다. 나는 당황해서 창문에서 목을 움츠려 빼내었다. 버스럭거리는 검은 나방은 샹들리에 가까이까지 올라가는가 싶더니 갑자기 급한 각도를 그리며 춤추는 남녀 위로 떨어졌다. 목숨을 건 나방의 운동은 날아가기보다는 부딪치러 가는 느낌이다. 팔을 스치며 또 한 마리, 또 한 마리 — 나방은 호사로운 실내장식을 완전히 무시하며 종횡으로 달렸다. 춤추는 남녀도 또한 나방의 행위를 완전히 모른 채 미친 듯이 춤을 추고 있었다.

〈Thats you Baby!〉는 얄궂게 끝났다. 음악에 맞추어 춤추는 법을 몰랐던 사람들은 음악에 맞추어 춤을 끝내는 방법도 알지 못했다. 그들은 한 번 더 악단의 경멸을 사면서 멋쩍음을 숨기려고 때아닌 박수 소리를 높인 다음 서둘러 자기들의 자리로 돌아갔다. 남은 건 엉망으로 짓밟힌 나무 마루와 밟혀서 뭉개진 나방의 시체가 널브러진 무도회장이었다. 나방을 밟다니 — 나는 오싹했다.

버스럭버스럭 — 창문 밖에서 들려오기 시작한 소리는 이번엔 나방이 아니었다. 비의 습기가 목욕을 마친 내 피부에 스며드는 듯한 기분이 들었다. 나는 전신의 피부로 그 습기를 빨아들이면서 뭔가 멍한 상태로 밟혀 더러워진 나무 마루와 밟혀서 뭉개진 무수한 나방을 한 번 더 쳐다보고 있었다.

"후지쿠라 씨와 춤을 췄다지요?"

"설마!"

"그치만 후지쿠라 씨 본인이 그렇게 얘기하시던걸요."

후지쿠라가 그날 밤 파트너로 삼은 건 댄스를 싫어하는 내가 아니라 춤을 추지 않을 거라던 마코 부인이었다. 도케만은 자기의 말을 지켜서 끝까지 춤추지 않는 동지로 있었다. 하지만 나는 춤추는 마코를 보고 있는 그의 눈에 어떤 쓸쓸함이 감돌고 있는 것을 놓치지 않았다. 내 귀에 들려온 가십에 따르면 역시나 마코 부인은 도케의 크라이슬러를 버리고 후지쿠라의 패커드에 동승하기 시작했다고 한다.

— 나방이다, 나방이다.

어째서인지 나는 언제나 도케 그 사람과 밟혀서 뭉개진 나방 시체를 함께 떠올린다.

구석의 소녀

소심한 구가ス我 씨는 술이 취하면 꽤 유쾌한 개구쟁이가 된다. 그날 밤에도 그는 술집을 나서자마자 댄스, 댄스 거리며 사람 말을 듣지 않았다. 구가 씨가 평소에는 소심한 만큼 우리는 그가 취했을 때 그의 뜻을 거스르지 못했다.

"댄스홀은 싫은데" 누군가가 그렇게 말하자 "K구락부를 보러 가지 않겠나?"라고 이제 막 그 클럽의 회원이 된 젊은 국회의원이 말했다.

이걸 무슨 풍이라고 하는지 모르겠지만 어쨌든 건물 내부는 통일된 분위기였다. 마찬가지로 잘 정돈된 느낌을 주는 3층 무도회장에서는 노년에 가까운 장년의 신사들이 여기에서만은 자못 자신이 없다는 듯이 강사에게 이끌려 돌아다니고 있었다.

"저 사람은 이번에 하코다테函館에서 출마한 —."

"H군은 정당이 정우회政友会잖아."

"정우회도 민정당民政党도 여기서는 —."

"댄스는 인터 · 내셔널inter-national, — 인터 · 파티inter-party구만."

하지만 취한 구가 씨는 K구락부 그 자체의 압박에서 빨리 벗어나고 싶은 듯했다. 결국 그는 거기서는 춤을 하나도 추지 않은 채 1

엔짜리 택시를 잡아타고 플로리다 댄스홀이라고 말했다.

— 먼지, 먼지, 먼지.

우선 퍼뜩 떠오른 느낌은 그것이었다. 대체 몇 명의 사람이 —
폐가 고장난 나는 공기가 좋고 나쁜 것에 대해서만큼은 아주 민감
하다. 대체 몇 명의 사람이, 몇 개의 다리가 — 마침 휴식시간이었
기에 쭉 늘어선 댄서의 다리가 홀 벽 아래쪽의 막을 통해 보였다.
댄서가 되려고 일을 그만두는 여자가 있다고 일컬어질 정도이니
쭉 늘어선 다리 또한 실로 그 수가 많다는 느낌이 들었다. 하지만
텅 빈 무도회장 이쪽에 우글우글 몰려있는 남자들의 숫자는 그와
는 비교할 수 없을 정도로 많다고 해도 좋았다.

〈브로드웨이 멜로디Broadway Melody〉*가 시작되었다. 우글거리고
있던 남자들 중 한 사람이 용감하게 앞으로 나가자 한 사람이 더
나가고, 그 뒤에는 우르르 — 벽 끝 쪽에 남겨진 댄서들의 얼굴에
는 기대와 불안이 뒤엉켜 있었다. 그녀들을 고르러 가는 남자는 구
경꾼에게도 구원과 같았다.

구가 씨는 같이 온 영화배우 요코瑤子를 끊임없이 꾀어내고 있었
다. 〈브로드웨이 멜로디〉는 벌써 중반에 다다르고 있었다.

"응? 요코 씨."

요코는 마지못해 구가 씨를 뒤따랐다. 하지만 구가 씨는 춤추는
곳에 들어서자마자 요코를 꾀어낸 일 따위는 잊어버리고 만 것 같

---

* 1929년에 미국에서 개봉된 동명의 뮤지컬 영화에 나오는 테마 곡.

았다. 그는 남자들이 우글거리는 가운데서 어찌할 바를 모르고 있는 요코 쪽은 돌아보지도 않고 아직 벽 끝에 남아 있는 댄서 중 한 사람에게로 단호하게 발걸음을 옮겼다.

구가 씨가 이번에는 후리소데振袖를 입은 단발머리 아가씨와 능숙하게 탱고를 추고 있는 사이에 먼지를 마시는 것에도 어느 정도 익숙해진 나는 댄서들의 머리나 복장, 몸매 등을 자세히 관찰하고 있었다. 자세히, 그리고 또 동시에 신랄하게 — 이런 땀 냄새 나는 분위기 속에서 어째서 저 여자와 저 여자, 그리고 저 여자는 스웨터 같은 걸 입어야 하는 거지. 그것도 전혀 미적이지 않은 스웨터를. 스웨터를 입은 댄서, 이것도 확실히 관동대지진을 딛고 부흥한 도쿄東京에 보이는 색다른 광경 중 하나임이 틀림없다. —
하지만 뭐라 부를지 모를 노동, 냄새나는 노동 — 내 후각은 남자의 체취나 구취보다는 오히려 기계의 기름 냄새나 기선汽船의 악취를 더 쉽게 견뎌내는 것 같다. 거기다 춤 한 곡 추는 데에 8전錢이라니 — 나는 무심코 주위에 있는 물건을 댄스 한 번의 보수로 나누어 보았다.

양말 50번
구두 400번
손가방 500번
장갑 200번

모자 200번

페티코트 100번

이브닝드레스나 외투 등에 이르러서는 환산할 수 없는 지경이다. 나는 어안이 벙벙했다. 어안이 벙벙한 내 눈에 그녀들의 변변치 못한 원피스나 촌스러운 스웨터는 이제 결코 보기 싫은 것이 아니었다. 그러자 나에게는 목이 깊게 파인 하늘거리는 드레스를 입고 의기양양하게 춤을 추고 있는 스물셋의 스타가 신기하게 여겨지기 시작했다. 기준이 되는 숫자를 8전에 두고 그녀들은 밥을 먹어야 한다. 잠을 자야 한다. 옷을 입어야 한다. 드레스 한 벌의 뒤에는 도대체 얼마만큼의 고생과 얼마만큼의 생계를 위한 노력과 얼마만큼의 굴욕이 숨겨져 있는 걸까. 나는 이미 'Spleen de Tokio ― 도쿄의 우울 ―' 속에 있었다.

흐려진 내 눈은 문득 한 점에 멈췄고 그다음에 더할 수 없을 정도로 크게 떠졌다. 볼살이 통통하고 순박한 얼굴, 인두로 손질 한 번 한 적 없는 머리카락, 세일러복 스타일의 구식 스웨터. 그녀는 아까부터 눈에 띄지 않는 구석에 앉아 있는 채였다. 댄서 견습생인 건지 그녀에게는 남자들의 눈이 머무르지 않을뿐더러 동료 댄서들도 아예 상대를 해주지 않는다. 고독한 댄서. 고개를 숙이고 있는 그녀의 얼굴에는 기대하면서 기다리고 있다는 느낌이 하나도 없어서, 그래서 나에게는 호감만이 느껴졌다.

"구가 군, 구가 군."

나는 남의 눈길을 끈다는 사실도 잊은 채 무심코 큰 소리를 냈다. 주위를 흘끔거리면서 다가온 구가 씨에게 나는 꼭 저 소녀와 춤을 춰달라고 졸랐다.

머뭇거리면서 일어선 소녀는 춤을 즐길 생각은 조금도 없이 배운 대로 스텝을 밟고 있었다. 춤을 추는 모습조차 군더더기가 없는 느낌이다. 나는 뭔가 눈물 비슷한 것을 속으로 삼키며 그녀가 언제까지고 저 스웨터를 입고 있으면 좋겠다고 생각했다.

다음에 갔을 때 구석의 소녀는 ― 그 소녀의 이야기를 쓰는 건 19세기의 거장들에게 맡겨두기로 하자. 나는 ― 나는 어제 댄스홀의 매니저를 했었던 이자와^{伊沢} 씨와 우연히 만났다. 이자와 씨는 우리 오빠의 동창인데 여자라는 말을 듣는 것만으로도 침을 질질 흘릴 것 같은 남자였다.

"즐거우셨겠네요, 그런 거 좋아하시는 분이시잖아요."

"얼마나 모순이오. 여자들을 앞에 쭉 세워놓고 내가 훈시를 하니까 말이오."

"들어보고 싶네요."

"신시대의 댄서란 모름지기 직업적인 자각을 가지고 ― 그러면 불량소녀들이 내 쪽으로 추파를 보내는 게지. 요것들이 내 약점을 알고 있는가 해서 조마조마했지 뭐요. 실은 그네들은 순수한 직업의식으로 행동하고 있었던 거라오. 매니저만 포섭해두면 하고 말이지. 거대한 유혹이었소. 거대한 유혹이었다는 증거로 내가 마침

내 ─ 신문에서 보셨잖소?"

"그래도 댄스 실력은 좋아지셨겠네요."

"완벽하지는 못해도 찰스턴Charleston 댄스를 겨우 출 수 있을 정도는 되지."

"찰스턴보다 당신에게는 쉼미Shimmy 쪽이 ─."

"너무 딱 맞아떨어지는 느낌이라 도리어 마음에 찔려서 못 춘다오."

헤어질 때 나는 그에게 혹시 플로리다 댄스홀에 갈 일이 있거든 그 구석의 소녀와 춤을 취주라고 부탁했다. 하지만 이제 그녀는 그 구석에 앉아 있지 않을 게 분명하다. 그리고 아마 이제 그 스웨터도 틀림없이 벗어 던졌겠지. 거기다 지금은 스웨터를 걸칠 계절도 아니다.

그시대의 모던을 여자들은 어떻게 살아냈는가

「그저 보다」는 1930년 5월 순요도^{春陽堂}에서 펴낸 '세계 대도시 첨단 재즈 문학^{世界大都會尖端ジャズ文學}' 시리즈의 제1탄이었던 소설집 『모던 도쿄 론도^{モダンTOKIO円舞曲}』에 발표되었다. 『모던 도쿄 론도』에는 열두 편의 소설이 수록되어 있으며 이 소설들은 1930년 전후의 근대도시 도쿄^{東京}와 모던 문화에 대하여 다양한 관점에서 접근하고 있다. 「그저 보다」는 여러 모던 문화 가운데 댄스에 초점을 맞춰 여성들의 이야기를 풀어낸 소설이다.

댄스 · 댄스 · 댄스

「그저 보다」는 화자인 '나'가 말 그대로 그저 바라만 보는 관찰자의 입장에서 주변의 여자들에 대해 이야기하는 구성을 가진 소설로 '나방'과 '구석의 여자'의 두 부분으로 이루어져 있다. 이 소설에서 중심소재로 다루어지며 중요한 부분을 차지하고 있는 것이 그 당시 모던 문화의 하나로 인기를 끌었던 댄스라 할 수 있다.

일본은 1920년대 후반부터 대중문화영역에서 '모던'이 유행하기 시작했는데 관동대지진¹⁹²³으로 파괴되었던 도쿄가 완전히 재건되어 부활했음을 알리는 제도부흥^{帝都復興}이 있었던 1930년에 모

던 문화는 그 절정을 맞이하게 된다. 이 시기의 모던 문화에는 성적인 요소가 많았으며 일반적인 사고 범위에서 벗어난 그로테스크적인 면이나 난센스적인 면이 강조되면서 소위 '에로·그로·난센스ェロ·グロ·ナンセンス'의 문화라고 일컬어졌다. 모던은 도시문화 및 소비문화와 밀접한 관계가 있었으며 도시에 새롭게 생겨난 영화관이나 백화점, 경기장 등의 장소가 모던 문화를 향유하는 곳으로 각광받았다. 댄스도 처음에는 상류사회의 교양으로서 사교댄스가 수용되었던 로쿠메이칸鹿鳴館*의 시대를 지나 대중문화의 영역에 편입되면서 1918년 최초의 댄스홀이 개업하였으며 1930년에는 전국적으로 50여 개의 댄스홀이 영업을 하게 되었다.

모던 문화는 서양에서 건너온 새로운 것들을 적극적으로 수용해 갔는데 그중에서 대표적인 것이 토키라고 불리는 유성영화와 재즈였다. 특히 재즈는 그 형식에 얽매이지 않는 자유로움으로 모던 문화의 첨단을 상징하는 것이었다. 오케스트라나 필리핀 밴드가 라이브로 연주하는 재즈는 댄스홀에 빠질 수 없는 요소가 되었고 댄스는 이런 재즈의 인기에 힘입어 더욱더 대중적으로 퍼져나가게 되었다. 댄스에는 남녀의 신체 접촉이 불가결한 것이었고 따라서 전문적으로 남자 손님을 상대하여 같이 춤을 추는 댄서들이 생겨나면서 댄스홀은 '에로'의 측면이 강조되기도 했다.

---

* 1883년에 세워진 사교장으로 근대문명이 개화됨에 따라 서양의 외교관이나 국빈을 접대하기 위해 만들어진 곳이다. 서구사회에 대한 정책의 하나로 국가가 만든 곳이며 접대나 무도회가 열리는 외에도 일본 국내 행사에도 많이 쓰였다. 1940년에 폐관.

'그저 보기만 할 뿐'인 '나'

「그저 보다」에는 당시 유행하던 댄스를 둘러싼 상황이 잘 나타나 있는데 독특한 점은 화자인 '나'가 댄스를 추는 사람들과 어울리면서도 절대로 댄스를 추지 않는 사람으로 설정되어 있다는 점이다. 흔히 상대가 없어 춤을 추지 못하고 무도회장의 벽에 가만히 서 있기만 하는 사람을 '월플라워wallflower'라 말하는데 「그저 보다」에서 '나'는 댄스를 추는 사람들을 관망하는 자세를 취하며 자발적으로 '월플라워'의 위치에 서 있다고 할 수 있다.

모던걸로 대표되는 모던 문화 속의 여성들을 생각해 볼 때 일견 여자들은 모던 속에서 화려한 꽃이 되어 문화의 중심적인 존재로 자리매김한 듯이 보이지만 문화적인 권력의 측면에서 생각할 때 여자들은 주변부에 위치해 있었다. 위에서 언급한 『모던 도쿄 론도』는 일본 모더니즘 문학을 대표하는 작가 12명의 작품이 수록되어 있는데 그중에서 여성작가는 사사키 후사 한 사람뿐이었다는 사실로 미루어 봐도 알 수 있듯이 당시 모더니즘 문학은 철저하게 남성 작가 중심이었고 여성작가는 아주 드물었다. 이처럼 모더니즘 문학을 비롯하여 주로 '에로·그로·난센스'의 모던 문화를 생산했던 것은 남성들이었으며 그 속에서 여성들은 철저하게 대상화·객체화되어 소비되었던 것이다. 하지만 「그저 보다」에서는 한 발 떨어진 곳에서 관찰하는 여성 화자를 통해 여자의 눈으로 모던 문화 속에 있는 여자를 그려내고 있다는 점에서 주목할 만하다.

댄스에 나타난 여성의 계층화

소설에서 관찰자 '나'가 바라보고 있는 것은 댄스와 그 주변에 있는 여자이다. '나방'과 '구석의 소녀'는 서로 대조적인 두 여자의 이야기인데 '나방'에는 댄스를 너무 좋아해서 자주 댄스파트너를 바꾸며 그에 따라 연애의 파트너도 바뀌어 가는 자유분방한 여자 마코가 등장한다. '구석의 소녀'는 댄스홀의 댄서이면서도 시골의 때를 못 벗고 벽 한쪽에서 시들어가던 견습생 소녀의 이야기이다. 이 두 이야기는 서로 다른 측면에서 댄스를 바라보고 있다. '나방'에서 댄스는 사람들을 미혹시키는 존재로 사람들은 댄스와 재즈를 제대로 이해하지 못하면서도 맹목적으로 댄스에 빠져 있다. 무도회가 열리는 저택에서 불빛을 향해 돌진하다가 떨어져 죽고 마는 나방은 댄스에 미쳐 춤을 추다 비참한 결말을 맞게 되는 어리석은 사람들의 메타포이다. 반면 '구석의 소녀'에서 댄스는 상류층의 유흥이자 가련한 젊은 여성들의 돈벌이로 댄스를 통해 계층과 빈부의 차이가 극명하게 드러나게 된다. 댄스는 화려함 이면에 "Spleen de Tokio ― 도쿄의 우울 ―"을 감추고 있다. 그리고 이러한 양면성은 「그저 보다」의 두 등장인물의 설정에서도 잘 드러나 있다.

마코와 견습생 소녀는 각각 여기자 출신으로 댄스를 즐기는 여성과 당대 유행하던 플로리다 댄스홀에서 일하는 댄서로 둘 다 겉보기엔 화려한 모던걸이지만 그 속에는 어두운 일면이 감추어져 있다. 마코가 열중해 있는 댄스는 여성의 부정不貞의 발로로 그려져

있으며 견습생 소녀는 화려함을 꿈꾸는 댄서가 되었지만 그녀에
게는 댄스 50번을 춰야 양말 한 켤레를 사 신을 수 있는 값싼 그 기
회조차 주어지지 않는다. 이 여성들을 바라보는 '나'의 시선은 겉
으로 보이는 모던걸이라는 이미지에 그녀들을 맞추지 않고 감추
어진 부분까지 도달하여 그녀들의 모습을 독자들의 눈앞에 내어
놓는다. 여기서 관찰자는 댄스에서 한발 물러선 모습을 보임으로
써 관찰 대상과 심정적·물리적 거리를 유지하여 자신의 시선에
대한 객관성을 담보하고자 한다.

그들에게 동화되지 않고 일정한 거리를 유지하는 '나'는 객관적
으로 두 여자에 대해 이야기를 하고 있는 듯이 보이지만 실은 그
속에는 모던 문화 속의 전형적인 두 여자 — 신식교육을 받은 여자
이면서 자유분방한 모던걸과 모던을 동경하여 화려함을 쫓아 향
락문화에 종사하게 되는 하층민 여성 — 에 대한 냉소적인 시각
이 존재한다. 「그저 보다」에서 화자 '나'가 차지하는 위치는 부정
한 여자에게 배신당한 남자를 동정의 눈길로 보고, 소외당한 여자
를 구제해 줄 수 있는 남자를 동료로 가지는 지점에 있다. 즉 여성
들을 관찰하고 판단하는 시선의 권력이 시선의 주체가 여성임에
도 불구하고 남성중심적인 사고에서 벗어나지 못한 곳에 위치하
고 있는 것이다.

여성작가가 만들어 낸 화자의 입을 통해 말하는 모던을 살아간
여자들의 이야기는 문화적 계급과 빈부의 계층화가 만들어 낸 구
조 속에 갇힌 것이었다고 할 수 있다. 화자의 시선이 가지는 권력

이 남성이라는 기존의 젠더적 권력과 맞닿아 있다는 점이 여성의 눈을 통해 여성을 보고자 했던 「그저 보다」가 가지고 있는 한계라고 할 수 있을 것이다.

水族館

수족관

堀辰雄
호리 다쓰오

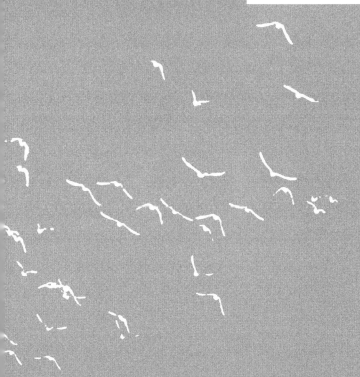

호리 다쓰오 堀辰雄, 1904~1953

1904년 도쿄(東京)에서 태어난 호리 다쓰오는 『바람이 분다(風立ちぬ)』(1938)나 『나오코(菜穂子)』(1941) 등의 대표작을 통해 순애보적인 사랑과 죽음을 넘어선 생에 대한 갈망을 탁월한 심리묘사로 표현한 작가로 알려져 있다. 이러한 호리 다쓰오 문학의 경향은 작가의 경험에서 비롯된 것이라 할 수 있는데 호리 다쓰오의 인생은 늘 죽음과 함께 살아가는 것이었다. 열아홉에 관동대지진(1923)으로 사랑하는 어머니를 여의고, 그 4년 후인 1927년에는 스승이었던 아쿠타가와 류노스케(芥川龍之介) 또한 자살로 세상을 떠나게 된다. 1934년에는 약혼자 야노 아야코(矢野綾子)가 결핵으로 사망하였으며 무엇보다 호리 다쓰오 자신이 20대부터 계속 앓아온 결핵으로 늘 자신의 죽음을 의식할 수밖에 없는 입장에 있었다. 이러한 사랑하는 사람들의 죽음과 자신에게 드리워진 죽음의 그림자가 호리 다쓰오로 하여금 끊임없이 생을 갈구하게 하였으며 그로 인해 '사랑을 통해 죽음을 넘어선 곳에서 발견하는 진정한 생'이라는 호리 다쓰오 문학을 관통하는 테마가 완성되었다.

호리 다쓰오는 문학작품 활동을 시작한 1920년대 후반에서 1930년 무렵까지는 유년 시절의 기억(「단밤(甘栗)」, 1925)이나 근대도시 도쿄의 도시문화(「어설픈 천사(不器用な天使)」, 1929) 등을 소재로 하여 단편소설을 즐겨 썼다. 그러던 중 아쿠타가와의 죽음을 소재로 쓴 단편 「성가족(聖家族)」(1930)을 발표하며 문단에서 높은 평가를 받았으며 「성가족」 이후부터는 기존의 초기 단편작품의 경향에서 벗어나 죽음과 생, 그리고 사랑이라는 주제의식을 확립해갔다. 그의 대표작 『바람이 분다』는 사랑하는 사람의 죽음을 맞이하는 남자와 약혼자의 죽음 후에 남겨진 그의 심경을 쓴 작품으로 호리 다쓰오의 대표작으로 불리며 1954년과 76년, 2013년 세 차례에 걸쳐 영화와 애니메이션으로 만들어질 정도로 대중적인 인기를 얻었다.

호리 다쓰오 문학에는 전쟁이나 빈곤 등으로 얼룩진 사회의 모습이 전혀 투영되어 있지 않은데 전쟁으로 인한 두려움을 느끼던 당시의 젊은 세대에게 그의 작품은 지친 마음을 위로받을 수 있는 안식처였던 동시에 사회에 보내는 작가의 조용한 저항으로 받아들여졌다.

수족관

비극 중의 비극이
실로 우리 눈앞에서 전개되고 있었다.

悲劇の中の悲劇が、
現に私たちの眼の前に展開されつつあるのだ。

1

이 뭐라고도 설명할 수 없는 아사쿠사 공원浅草公園의 매력을 여러분에게 될 수 있는 대로 완전하게 이해시키기 위해서, 내가 알고 있는 아사쿠사에 대한 천 가지 사실을 가지고 설명하기보다 내 공상 속에서 생겨난 하나의 이상한 이야기로 설명하는 편이 더 편하리라 믿는다. 그리고 그런 이야기를 하기 위해서 나는 두 가지 방법을 쓸 수 있다. 그 이야기를 전개하는 데 필요한 일체의 배경을 — 예를 들면 극장이나 술집, 여관 등을 아예 내 공상이 빚어내는 우연에 싹 맡겨버리든가 아니면 그런 배경만은 실제로 있는 것을 빌려오든가다. 그리고 내게는 오히려 후자 쪽이 편한 듯이 느껴진다. 왜냐면 공상이라는 것이 어느 정도까지 제어되면 될수록 강렬해진다는 것을 나는 경험으로 알고 있기 때문이다.

내가 유행에 따라 이 이야기를 요즘 아사쿠사 롯쿠六区에서 인기를 얻고 있는 카지노 폴리 극장의 댄서들에게 맞춰 가려고 하는 것을 용서해주기 바란다. 사실 난 그녀들에 대해 아무것도 모른다. 그리고 그녀들은 이 이야기를 그럴듯하게 만들기 위해 굳이 내가 그런 무례를 저지르는 것도 염두에 두지 않을 터이다. 그녀들에 관한 내 공상은 그녀들 자신을 화나게 하기는커녕 천진난만한 그녀들을 그저 웃게 만드는 것에 지나지 않을 것이다. 나는 그렇게 믿고 있다.

여러분 대부분이 이미 알고 있겠지만 카지노 폴리 극장은 롯쿠의 활동사진거리에서 조금 떨어진 곳에, 언제나 쓸쓸하면서도 유쾌한 악대 소리를 내고 있는 목마관木馬館과 나란히 서 있는 수족관 2층에 있다. 수족관이라 해도 그건 그저 이름뿐이라서 — 아니면 밤에만 들어가서 그런지 — 수조 안에 물고기가 헤엄치고 있는 것을 나는 거의 본 적이 없다. 그러나 잘 살펴보면 자고 있는 것인지 빛이 충분히 닿지 않는 바위 그늘에 그 바위와 같은 색의 몸을 딱 붙이고 있는 물고기 몇 마리를 발견할 수 있다. 그리고 저마다에는 일일이 어려운 이름이 붙어 있었는데 나는 그것을 하나도 기억하지 못한다. 2층 카지노 폴리 극장에 드나들기 위해서 이 수족관 안을 통과하는 사람들은 많았지만 일부러 여기에 멈춰 서서 물고기를 보고 가려는 사람은 거의 없었다고 해도 될 것이다.

게다가禾駄 소리가 나지 않게 조심하면서 먼지가 날리는 나무 계단을 올라가면 갑자기 사람들 머리 너머로 (그들은 뒤쪽 의자가 많이 비어 있는데도 거기에 앉지 않고 선 채로 무대를 보고 있다) 음악이 들리고 댄서들이 춤추는 게 보인다. 거기에 처음 드나드는 사람은 흔히 그 뒤쪽 빈자리에 앉으려고 하지만 얼마 지나지 않아 그 의자가 흔들거려서 위험하다는 사실이나 아니면 의자 덮개에 큰 구멍이 나 있어서 거기에서 비어져 나온 볏짚 부스러기가 옷에 금방 달라붙는다는 것을 알아차리고 자리에서 다시 일어서고 마는 것이었다. 그리고 객석 전체라고 해봤자 이백 명 정도밖에 들어가지 않는 2층과 백 명 정도밖에 들어가지 않는 3층이 전부였다. 나는 언제나 3층에 올라가서 보고는 했다. 처음 내가 여기 다니기 시작했을 적에는 곧잘 2층에 있는, 무대와 가장 가까운 자리에 비집고 들어가 그녀들의 다리 사이로 그녀들이 춤추는 것을 올려봤었다. 하지만 그 탓에 댄서들이 다리를 올릴 때마다 무대에서 일어나는 심한 먼지를 싫어도 마셔야 했기 때문에 거기에 질려서 다음부터는 3층에서 무대와 가장 가까운 자리, 그리고 댄서들의 거의 바로 위에서 그녀들이 춤추는 것을 내려다보게 되었다.

댄서들 대부분은 열넷에서 스물까지 정도의 소녀들이었다. 그녀들은 금발 가발을 쓰고 화장을 두껍게 하였으며 그리고 모 신극단이 입던 것이라는 이야기가 돌 정도로 좋아 보이는 의상을 입고 있었지만 아마도 원래 그녀들은 여공이나 유모, 또는 그와 비슷한 뒷골목에서 자란 소녀였음이 틀림없다. 그리고 그녀들 대부분은 아마도 그 노래의 외설적인 의미를 분명히 알지 못한 채 그런 노래를 부르고, 또 그 동작의 음란한 의미를 정확히 이해하지 못한 채 그런 춤을 추고 있을지도 모른다. 아래쪽에서 그녀들의 목을 조르는 듯이 비추는 조명 속에서 그녀들은 머리 뒤로 양손을 깍지 끼며 가슴을 될 수 있는 한 크게 보이게 한다. 그러나 그녀들의 가슴은 아직 작다. ……그리고 그 전부가 이 극장의 독특한, 뭐라고 할 수 없는 매력적인 분위기를 구성하고 있었던 것이다.

나는 가끔 댄서들로부터 눈을 떼고 그녀들을 열심히 지켜보고 있는 구경꾼들을 둘러봤다. 그들은 대개 남자뿐이었고 그 대부분은 직공처럼 보이는 사람, 회사원처럼 보이는 사람, 학생처럼 보이는 사람이 차지하고 있었다. 매일같이 여기에 오는 덕분에 난 그 사람들 중에서 소위 '단골'이라고 할 만한 사람들을 쉽게 발견할 수 있었다. 예를 들면 아래층 구석 쪽에 있는 기둥에 기대어 언제나 히죽히죽 웃으면서 무대를 바라보고 있는 한 부랑자나 정확히 내 자리 정반대 쪽인 3층 맞은편에 진을 치고 꼭 "요짱葉ちゃん!"하고 댄서 중 하나인 고마쓰 요코小松葉子라는 여자에게 말을 거는 운전수 등등…….

그런데 요즘 들어 그런 단골이 갑자기 또 하나 늘어났다. 그건 내가 알고 있는 다른 단골과는 전혀 다른 부류의 스물이 갓 지난 까무잡잡한 미소년이었다. 그는 언제나 서양풍의 줄무늬 옷을 입고 너무 크지 않나 싶은 헌팅캡을 깊게 눌러쓰고서 3층 구석의 기둥에 기대어 주의 깊게 무대 위를 내려다보고 있었다. 그는 가끔 거친 행동을 곧잘 했는데 그 행동은 어딘지 모르게 부자연스러웠다. 그 느낌은 남장한 여자라면 필시 이런 느낌일 거라고 생각될 정도였다.

나는 그 소년의 모습을 카지노 폴리 극장에서 거의 매일 밤 보게 되었다.

가끔 나는 친구들과 이야기할 때 그 소년을 화제로 삼는 일이 있었다. 어떤 사람은 수족관이 문 닫은 뒤에 소년이 대기실 입구 앞에 혼자서 우두커니 서 있는 것을 봤다고 했다. 또 어떤 사람은 카페 아메리카에서 소년이 여급들에게 둘러싸여 술을 마시고 있는 장면을 봤다고도 했다. 그리고 또 어떤 사람은 소년과 꼭 빼닮은 얼굴을 한 소녀와 스쳐 지나갔는데 그때 잠깐 그 소녀가 소년이 아닐까 하는 생각도 했지만, 소녀 쪽이 훨씬 나이 들어 보였기에 분명히 소년의 누나였을 것이라고도 했다. — 어쨌든 그 소년이 극장의 댄서 가운데 누군가에게 홀딱 빠져 있는 것 같다는 사실에는 이제 의심의 여지가 없었다.

2

어느 날 밤 공원 안을 이리저리 계속 서성거리며 돌아다니다 극도로 지쳐서 겨우 집에 돌아온 것이 이미 1시가 다 되었을 때였다. 나는 내 방에 들어가자마자 책상 위에 우표도 붙이지 않았거니와 보내는 사람의 이름마저 없는 편지 한 통이 놓여 있는 것을 발견했다. 나는 봉투를 열었다. 그리고 읽었다. 누군지는 모르지만 나에게 곧장 지금 자기가 있는 고마가타駒形의 '스미레야すみれや'까지 와 달라는, 마치 경찰이 보낸 출석통지서처럼 간단히 갈겨쓴 편지였다. 그 편지를 쓴 사람은 어지간히 정신이 없었는지 자기 이름을 빼먹

고 썼을 뿐 아니라 난잡하게 흘려 쓴 글씨는 그게 누구의 글씨인지를 도저히 내가 판독할 수 없을 정도였다. 편지는 그 여인숙(?)의 고용인이 우리 집까지 갖다 준 것 같았지만 벌써 잠들어 버린 집안 사람들을 일부러 깨우면서까지 누가 가져왔었느냐고 물어볼 일도 아니라고 생각했다. 그때 나는 정말로 지쳐서 이제 움직이는 것도 싫을 정도였지만 강렬한 호기심에 사로잡혀 다시 집을 나섰다.

우리 집은 무코지마向島에 있었다. 그리고 무코지마에서 고마가 타까지는 걸어서 갈 수밖에 없었다. 그리고 그 방법이 가장 빠르기도 했다. 나는 인적 없는 강변에 있는 컴컴한 삿포로맥주サッポロビール 회사 옆을 지나치면서 문득 — 아까 내가 받은 이름 없는 편지는 사실 밤이 보낸 출석통지서가 아닐는지, 그리고 단지 날 불러낼 구실 삼아 여인숙 이름을 쓰긴 했지만 원래 그런 여인숙 따위 있을 턱이 없지 않은가 하는 그런 생각이 들기도 했다. ……고마가타 부근을 샅샅이 찾아다닌 끝에 도저히 그런 이름을 가진 여인숙을 발견할 수 없을 때 나는 그런 생각을 거의 믿기 직전까지 갔다. 하지만 마지막 순간에 나는 마침내 두 개의 큰 상점 사이에 낀 아주 작은 여인숙 하나를 — 그 문 위에 '스미레야'라는 작은 간판조차 없었다면 일반 주택과 거의 구별이 되지 않을 것 같은 여인숙 하나를 발견할 수 있었다. 나는 왠지 잘못 찾아온 건 아닐까 생각하면서 그 여인숙으로 들어갔다. 안으로 들어가기 위해 몸을 옆으로 해서 지나가야 할 정도로 입구가 좁았다.

안으로 들어가자 나이 든 여자 하나가 나를 맞이했다. 말라비틀어진 꽃다발처럼 미소를 띠면서.

"친구분이 기다리고 계세요. 2층 5호실이에요."

"이름이 어떻게 되는 사람이지?"

"성함은 몰라요."

그러고 나서 그 여자는 나를 방으로 안내하려고 하지도 않는다. 나는 혼자서 계단을 올라갔다. 남녀가 정을 통하기 위한 여인숙이라는 것이 어떤 것인지를 나는 그때까지 몰랐지만 아마 이런 집을 말하는 것이리라 생각하면서.

나는 방 안에서 들려올 대답을 덧없이 기다린 후에 5호실로 들어갔다.

나는 거기서 생각지도 못하게 친구 하타泰가 혼자 있는 것을 발견했다.

하타는 어쩐지 울고 있는 것처럼 보였다. 하타는 나보다도 훨씬 나이가 아래였다. 그리고 이제 겨우 막 스물이 된 참이었다. 그럼에도 불구하고 그는 우리들과 함께 카지노 폴리 극장에도 다니고 술도 마시며 또 태연히 여자 얘기에도 끼어들었다. 그가 우리의 나이 차를 인식시키는 것은 드문 일이었다. 그런데 지금 그는 나를 앞에 두고 그의 진짜 나이 한가운데 서 있었다. 지금 내 앞에서 제정신이 아닐 정도로 그를 울리고 있는 것이 내가 이미 잃어버린, 어떤 말로도 표현할 수 없는 첫사랑의 고통이라는 사실을 난 한눈에 알아차렸다.

역시나 그는 나에게 그의 사랑을 털어놓았다. 그 사랑의 상대는 카지노 폴리 극장의 댄서였다. 그리고 그 사람은 우리에게 찬미의 대상이 되었던 고마쓰 요코였다. 그는 나에게 자기가 그녀를 탐내기 시작한 건 사실 내가 그녀를 탐내고 있다는 사실을 알고 나서부터였다고 했다. 그는 자신의 욕망이 내 욕망의 램프에 비춰지고 나서야 비로소 그 욕망을 알게 되었다고 말하는 것이었다. 그리고 그는 그런 욕망을 나에게는 조금도 알리지 않고 혼자서 그녀를 손에 넣으려고 했던 것을 울면서 빌었다. 내가 그 댄서를 찬미하고는 있었지만 그가 생각하는 것처럼 그녀를 탐내고 있었던 건 결코 아니라는 사실을 그 상황 속에서 아무리 그에게 알아듣게 말해도 그는 그 말을 믿으려고 하지 않았다. 그런 다음 그는 자기 이야기를 계속했다.

그날 밤 12시를 지날 무렵 그는 인적이 끊기고 차가운 그림자만으로 채워져 있는 수족관 주변을 혼자서 어슬렁거리고 있었다. 문이 완전히 닫힌 수족관의 2층 창문에서 희미한 불빛 같은 것이 새어 나오고 거기다 악대 소리 같은 것까지 들려오기에 그는 아직 댄서들이 연습하고 있을 거라 생각하면서 왠지 그곳을 떠나지 못하고 있었다. 그는 수족관 뒷문 가까이에 있는 함석 담장의 그림자에 몸을 숨기듯이 있다가 어쩌다 한 사람, 또 어쩌다 두세 사람, 남자들의 그림자가 여기저기에 서성이고 있는 것을 보았다. 그들은 댄서들이 연습을 마치고 나오는 것을 기다리고 있는 듯했다. 12시가 지난 것을 알리는 듯한 선득한 공기 흐름이 끊임없이 그의 앞을 왔다 갔다 하기 시작했다. 마침내 수족관 뒷문이 조용히 열렸다. 그리고 거기에서 푸른 망토로 몸을 감싸고 갈래머리를 한 소녀 하나가 나왔다. 그는 그 소녀가 고마쓰 요코인 걸 확실히 알아볼 수는 없었지만 순간적으로 그렇게 생각했다. 그와 동시에 그는 담장에 숨어 있던 몇 무리의 그림자가 움직이기 시작하는 것을 보았다. 그때 한 나무 그늘에서 다른 누구보다도 빨리 갑자기 튀어나와 그녀 곁에 다가선 남자가 하나 있었다. 그는 그 소녀에게 뭔가 두세 마디 이야기를 건 듯했다. 소녀도 그 사람에게 뭔가 대답했다. 그리고 어둠 속에서 수많은 눈이 달려들 듯이 쳐다보고 있음에도 불구하고 둘은 정말 아무렇지도 않게 어깨를 나란히 하고 그곳을 떠나갔다.

하타는 두 사람 뒤를 쫓았다. 이제부터 두 사람이 어디로 가는지를 알아내고 싶었다. 그는 자기가 남몰래 사랑하는 소녀가 그 남자에게 그저 자기 집까지 바래다 달라고 한 것이라 믿었다. 그런데도 그녀를 바래다주는 사람이 자기가 아니라는 불행함이 그의 심장을 옥죄었다. 그는 그 남자 쪽도 주의 깊게 살펴봤다. 그 남자는 그와 동년배인 소년인 것 같았는데 우스꽝스러울 정도로 큰 헌팅캡을 쓰고 일부러 큰 걸음으로 걷고 있는 것 같은 걸음걸이였다. 그 소년은 분명히 종종 친구들과 남장여자가 아닐까 하고 이야기를 했던 소년이 틀림없었다. 그리고 그의 마음속에 생생하게 되살아난 그 수수께끼 소년에 대한 호기심은 자기 심장을 옥죄는 고통이 극심한 나머지 추적을 포기하려고까지 했던 그의 약한 마음을 무찔렀다. 그래서 그는 계속해서 그들 뒤를 따라갔다.

그들은 인적이 전혀 없는 상가를 바람처럼 빠져나간 다음 가미 나리몬雷門에서 아즈마바시吾妻橋 다리 쪽으로 방향을 바꿨다. 그러나 그들은 다리를 건너지 않고 자이모쿠초材木町의 길을 우마야바시厩橋 다리 쪽으로 향해 갔다.

그들은 대체 어디로 가려고 하는 걸까. 그는 그 주변의 지리를 잘 몰랐다. 그리고 그는 두 사람 뒤를 따라가면서 이미 완전히 조용해진 양쪽의 낯선 거리를 그저 깊은 잠 속을 통과하는 것처럼 느낄 뿐이었다. 그는 용기가 조금 꺾이는 것을 느껴 무심코 멈춰선 다음 등을 돌리려고 했다. 하지만 그는 그 시시한 결심을 곧바로 후회했다. 그는 다시 추적을 계속하려 했지만 이미 거기서 그들을 찾아낼 수는 없었다. 그들은 어디로 사라진 걸까. 그는 정신없이 그 주변을 찾아다녔다. 그리고 그는 2층 창문에만 불빛이 켜져 있는 것으로 보아 아마 그들이 들어갔으리라 짐작되는 집 하나를 겨우 찾아냈다. 그것은 여염집과 거의 구별이 안 될 것 같은 작은 여인숙이었다.

그는 거기에서 그리 오래 주저하지 않고 자기도 그 여인숙에 들어갈 결심을 했다. 그는 여인숙의 여주인을 매수해서 조금 전 두 사람이 들어간 그 옆방을 차지했다. 그리고 옆방에서 일반적인 생활소음과는 다른 소리가 들리는 가운데 고통으로 망가지면서 나에게 편지를 쓴 것이다. ―

그러나 나는 그에게 어떠한 조언도 해주지는 못했다. 그가 이야기를 끝낸 후 우리는 아무 말도 하지 않고 있었다. 옆방에서는 이미 모든 것이 끝났는지 아무런 소리도 들리지 않았다. 그 사이에 나까지 녹초가 되게 만들었던 친구의 고통 또한 겨우 지치기 시작한 것처럼 보였다. 그 사실이 나로 하여금 잠에 몸을 맡기는 것을 허락했다.

다음 날 아침 나는 다다미¹ 위에서 옷을 입은 채 아무렇게나 널브러져서 자고 있는 나 자신의 이상한 모습을 발견했다. 다다미 위에는 마찬가지로 하타가 눈물로 얼룩진 얼굴을 내 옆구리에 붙이고 자고 있었는데 내가 눈을 뜬 것을 알아차리자 갑자기 내 쪽으로 얼굴을 돌리며 생글생글 웃었다. 그 얼룩진 얼굴은 곧바로 지난밤의 우리를 생각나게 했다. 그러나 그 얼룩진 얼굴 위에 떠오른 즐거운 표정은 내가 아직 알지 못하는 것이었다.

그는 자기 얼굴을 다다미 위에 붙인 채로 자못 비밀을 털이놓는 듯한 낮은 목소리로 나에게 말을 걸었다. 그 말을 잘 듣기 위해서는 나도 누운 채로 내 얼굴을 다다미 위에, 그리고 그의 얼굴 옆에 붙여야 했다. 하지만 나의 그런 억지로 만들어진 아이 같은 자세는 그의 아이 같은 해맑은 기분을 빠르게 이해하는 데에 크게 도움이 되었다.

그의 이야기에 따르면 — 어젯밤 도저히 잠들 수 없었던 그는 내가 자는 사이에, 수면 부족으로 정신까지 약간 이상해졌는지 결국 이 방을 빠져나가 옆방으로 숨어들었다. 만약 들키면 잠결에 방을 잘못 찾았다고 하면 될 거라고 생각하면서. — 그리고 그는 대담하게도 그 방의 전등 스위치를 켰다. 전등불에 비추어진 그 방의 광경은 그만 그를 어안이 벙벙하게 만들었다. 거기서 그가 무엇을 봤으리라 상상하는가. 거기에는 두 여자의 나체가 손발이 뒤엉킨 채 이상한 모습으로 누워있었다. 똑같이 하얀 4개의 손발은 그게 어느 사람의 몸인지 알 수 없을 정도였다. ……

"역시나 그 자식은 여자였다구." 하타는 나에게 말했다. "만약 그 자식이 여자가 아니었다면 난 그 자식한테 어떤 짓을 했을지 몰라. 그렇지만 여자인 걸 알게 됐으니……."

그리고 그는 정말로 기분이 좋은 듯이 웃었다.

3

그러고 나서 일주일 정도 나는 덧없이 하타의 보고를 기다리고 있었다.

그러나 그에게서는 아무런 소식도 없었다. 어느 날 나는 걱정이 되어 그에게 전화를 걸었다.

그는 아직 그 댄서를 손에 넣지 못했노라고 힘없이 대답했다. 그리고 곧바로 다른 이야기를 꺼냈다.

그 후에 이어진 나날은 답답한 구름처럼 지나갔다. 공원 전체가 평소와 어울리지 않게 어딘가 울적하고 하루종일 졸음을 참고 있는 듯했다. 난 그 나날들이 뭔가 이상한 사건을 일으키지는 않을까 하는 불안한 예감에 사로잡혔다.

어느 날 밤 나는 카페 아메리카의 한 테이블에 우두커니 앉아 있었다. 기분이 언짢은 듯한 내 모습을 보고 여자들은 아무도 내 곁에 다가오려고 하지 않았다. 안쪽에서 (내가 있는 곳에서는 칸막이에 가려져 보이지 않지만) 손님 하나를 가운데 두고 여자들이 까르륵거리며 떠들고 있는 것을 나는 혼자서 멍하니 듣고 있었다. 그 소리가 내 언짢은 기분의 원인이라고밖에 여겨지지 않았다. 나는 마침내 여자 하나를 붙들고 그 손님이 누군지 추궁했다.

그 손님이란 한 남장한 젊은 여자라고 했다. 그녀는 가끔 혼자 찾아오는데 그날 밤은 평소와 다르게 술이 취한 듯했다. 그녀는 남장을 하고 있을 뿐만 아니라 남자 같은 말투를 즐겨 쓰고 있었다. 그뿐이 아니라 그녀는 아무래도 이 가게의 여급을 하나 데리고 나갈 모양인 듯했다. 그녀는 언제나 그 여급의 이름만 반말로 편하게 불렀다. 그리고 그런 행동은 모든 것을 의심하게 만들기에 충분했다. 그런 건 어쨌든 간에 그녀는 요즘 들어 갑자기 정신이 이상해졌다고 한다. 소문에 따르면 그녀는 수족관의 댄서 중 하나에게 홀딱 빠져 그 소녀가 사달라는 것은 뭐든 사줬는데 요즘 그 소녀가 갑자기 그녀를 싫어하기 시작했다고 하니 그런 게 원인이 되었을지도 모르겠다. ─ 생각해보면 그 댄서와 소문이 나기 시작할 무렵 그녀와 여기 여급(그녀가 언제나 반말로 이름을 부르는)이 뭔가 말다툼을 한 적이 있었는데 그건 지금 돌이켜 보면 질투에서 비롯된 것일지도 모르겠다. ─

여급은 나에게 그런 이야기를 자세히 들려줬다. 그러나 여급은 그 변태적인 여자에게 오히려 동정심을 가지고 있는 듯했기에 나도 그 이야기를 기분 나쁘지 않게 들을 수 있었다. 난 물었다.

"대체 그 여자는 뭐야?"

"귀족의 영애래요. 그치만 누구도 진짜라고는 생각 안 해요. 아무래도 사실은 여기자라는 소문이에요."

그 여자가 살짝 정신이 이상해지기 시작했다는 소식은 나에게 폭풍우의 한 전조인 듯이 느껴졌다.

나는 카페 아메리카에서 그 여자가 나오는 것을 기다리고 있었다. 마침내 그녀가 나왔다.

그녀는 정말 큰 헌팅캡을 쓰고 거기다 아주 취해 있는 듯했다. 그리고 취기가 그녀에게 부여하는 온갖 무의식적인 동작은 하나하나 그녀의 변장을 배신하고 있었다. 그녀는 비틀비틀 가미나리몬 앞을 지나쳐 아즈마바시 다리 쪽으로 걸음을 옮겼다. 나는 그녀의 뒤를 따라가기로 결심했다.

그녀는 아즈마바시 다리를 건넜다. 그리고서 스미다가와隅田川 강을 따라 맥주회사의 큰 건물 그림자 속으로 미끄러지듯 들어갔다. 마쿠라바시枕橋 다리를 건너 스미다隅田 공원의 강변 쪽으로 나아갔다. 강 위에서 차가운 바람이 불어와 우리 앞을 끊임없이 왔다 갔다 하고 있었다. 우리는 고토토이바시言問橋 다리 옆을 지났다.

우리는 둑 위를 계속 걸어갔다. 점점 길이 울퉁불퉁해지기 시작해 걷기 힘들어졌다. 그 사실은 우리가 교외로 들어가기 시작하고 있다는 것을 알려주었다. 여기까지 오니 사람의 왕래가 아예 완전히 끊겼다. 가끔 떠돌이 개가 어딘가에서 나와 우리의 냄새를 맡으며 돌아다녔고 그리고서는 또다시 어디론가 사라졌다.

우리는 시라히게바시白髭橋 다리가 있는 데까지 왔다. 그러나 그녀는 아직 돌아갈 생각이 없는 듯 성큼성큼 둑 위를 나아가는 것이었다. 나는 멈춰선 채로 잠시 주저하고 있었다. 그녀 뒤를 좀 더 따라가 볼 것인지 아니면 이제 그 추적을 단념할지 망설이면서. 그때 그녀가 갑자기 둑을 내려가기 시작하는 것을 봤다. 나는 다시 그녀의 뒤를 따라가기로 결심했다. 그러나 나는 둑을 내려가도 그 길이 어디로 나 있는지 전혀 알지 못했다. 그 둑 아래 길은 아주 컴컴했고 거기다 군데군데 물웅덩이가 있었다. 그녀는 그것을 피하려고도 하지 않았다. 가끔 그녀의 발은 그 물웅덩이 속에 들어가 둔하고도 희미한 소리를 냈다. 그리고 그것이 우리의 침묵을 깨는 유일한 소리였다.

그러는 사이에 나는 마침내 우리가 기묘하고 낯선 한 구역으로 흘러들어 온 것을 알게 되었다. 우리 앞쪽에는 전부 유리로 된 이상하리만치 큰 건물이 솟아 있었다. 게다가 그 유리는 대부분이 깨져 있었다. 그리고 그 구멍투성이 유리로 된 건물 저편으로는 바로 스미다가와 강이 새까맣게 흐르고 있는 듯했다. 어떤 일터가 있었던 자리인 것 같은 그 건물 안에는 자랄 대로 자란 잡초만 있을 뿐이었다.

그녀는 그 이상한 건물 앞에 가만히 멈춰서 있었다. 나는 얼마 지나지 않아 그녀가 몸을 굽혀 발밑에 있는 돌 하나를 주워 드는 것을 봤다. 그러고 나서 그녀는 목표를 정해 아직 깨지지 않고 남아 있던 단 하나의 유리를 향해서 온몸의 힘을 다해 그 돌을 던졌다. 나는 세차게 유리가 깨지는 소리를 들었고 또 그 파편이 밑으로 후드득 떨어지는 것을 봤다. 그리고는 그녀가 어찌 되었나 보니 그녀는 쉬지 않고 계속 달려가 벌써 거기에서 꽤 떨어진 곳에 다다르고 있었다.

나도 그녀를 놓치지 않으려고 조금 뛰었다. 그녀는 어느샌가 보통 걸음으로 돌아가 있었다. 나도 그를 따랐다. 그러나 난 아직 대체 그녀가 어디로 가려고 하는지 또 무엇을 하려고 하는지 전혀 짐작이 가지 않았다. 우리는 공장 뒤를 지나쳐 논과 밭을 가로질러 묘지 가운데를 가로질렀다. 그러는 동안 우리는 다시 둑 위로 나오고 말았다. 그러나 그것은 시라히게바시 다리의 부근이 아니라 거기서 훨씬 떨어진 방적회사 근처라는 걸 난 알아차렸다. 거기다가 아직도 그녀는 방적회사의 매연으로 더럽혀져 있는 음울한 큰 건물 옆을 지나치면서 성큼성큼 강변을 따라선 둑을 걸어가려고 했다.

나는 이제 그녀를 더 뒤따라가는 것을 단념했다. 나는 너무나도 지쳐 버렸고 거기다 그녀가 제정신이 아닌 것도 충분히 확인했다. 만약 이 이상으로 내가 가진 주의력을 전부 그녀에게 쏟아붓는다면 분명 나마저도 정신이 이상해지고 말 것이 틀림없기 때문이다.

나는 멈춰 서서 그녀의 뒷모습이 둑 위로 보이지 않게 될 때까지 그 모습을 바라본 후 마침내 발길을 돌려 가네가후치鐘ヶ淵의 강을 건너는 증기선 선착장 쪽으로 향해 갔다.

동이 튼 것을 알려주는, 강에서 불어오는 차가운 바람이 선착장의 벤치 위에서 지쳐 잠들어 버린 나를 조용히 깨웠다. 그러고 나서 30분쯤 지난 후에 나는 겨우 센주오하시干住大橋 다리 쪽에서 내려오는 증기선 한 척을 잡을 수 있었다. 아직 아무도 타지 않았을 거라 생각했는데 의외로 그 증기선은 이미 대여섯 명의 손님을 태우고 있었다. 그 사람들은 모두 어시장에 장을 보러 가는 술집 사람들이었다. 그들이 나누는 활기찬 대화와, 듣고 있자니 나도 모르게 심장 고동이 빨라지는 듯한 발동기 소리가 완전히 나를 잠에서 깨웠다. 그리고 나는 이른 아침의 신선한 공기 속에서 되살아난 듯했다.

나는 강 왼쪽에 어젯밤의 높은 유리 건물이 솟아 있는 것을 봤다.

나는 내 옆에 앉은 술집 사람 하나에게 물었다.

"저 유리 건물은 무슨 건물이오?"

"저거 말이우" 그는 그 건물을 가리켰다. "저건 옛날 닛카쓰日活영화사 촬영소 자리지."

나는 증기선 안에서 그 무수한 유리가 모조리 깨져 있는 것을 이상한 듯이 바라보고 있었다. 거기에 작은 돌을 던져 유리를 더 깨려고 한 미친 여자의 괴상한 포즈를 머리에 다시 떠올리면서.

4

그로부터 이삼일이 지난 어느 날 오후에 나는 배트 바의 2층 창문에서 멍하니 아래의 활동사진거리를 오가는 군중을 바라보고

있었다. 그러자 갑자기 그 군중 사이를 헤치듯이 부산하게 달려가는 사람들의 무리가 있었다. 나는 순간적으로 불이 났다고 생각했다. 그리고 1분 후에는 나 역시 그 사람들과 함께 달려가고 있었다. 사람들은 아사쿠사 극장원래는 오페라관オペラ館의 모퉁이를 돌아 수족관 쪽으로 달려갔다. 과연 수족관 앞에는 아주 많은 사람이 모여 있었다. 하지만 내 예상과는 다르게 불이 난 건 아닌 듯했다. 처음에는 무슨 일인지 영문을 몰랐는데 사람들이 수족관 옥상을 올려다보며 계속 소리치고 있었다. 나는 머지않아 그 높은 옥상에서 머리를 풀어헤친 여자 하나가 이리 왔다 저리 갔다 하는 모습을 볼 수 있었다. 그리고 그건 그 여자였다. 그녀는 가끔 밑에 모인 군중들의 온갖 외침을 잘라낼 것처럼 날카로운, 인간의 목소리라고는 생각할 수 없는 괴이한 소리로 외치고 있었다.

— 그날 오후 5시쯤 댄서들이 한창 〈페르시안 램프〉를 추고 있는 중에 갑자기 3층 한 구석에서 권총 소리가 났다. 총알은 다행히도 댄서들을 아무도 상처 입히지 않고 마룻바닥을 맞고 튀어 올라 그저 무대배경에 구멍을 냈을 뿐이었다. 그 총알은 그때 제일 앞에서 춤추고 있던 고마쓰 요코를 노린 듯했다. 그리고 총을 쏜 사람은 한 미소년이었다. 그러나 그 소년은 자기를 붙잡으려고 하는 사람들로부터 달아나려고 쓰고 있던 헌팅캡을 떨어뜨렸다. 그는 치렁치렁한 여자의 머리를 하고 있었다. 그건 소년이 아니라 남장한 여자였던 것이다. 사람들이 그만 놀라서 어안이 벙벙해진 사이에 그녀는 재빠르게 옥상에 기어 올라가 버렸다. 한 대담한 남자가 그

녀 뒤를 따라 옥상에 기어오르려고 하자 그녀는 그 남자를 향해 두 번째로 총을 쐈다. 총알은 그 남자의 팔을 스쳐 지나갔다. 다행히 상처는 없었지만 그 남자 역시 겁이 나서 그녀를 붙잡는 것을 포기했다. 그 후 누구 한 사람도 그 옥상에 올라가 그녀를 붙잡으려고 하는 사람이 없었다. 그리고 그저 그녀를 멀찍이 둘러싸고 시끄럽게 외치고 있을 뿐이었다. —

내 주위 사람들의 이야기를 짜 맞춰보니 대략 그런 사건인 듯했다. 저녁 먹을 시간이라 내 주위를 벗어나는 사람들이 있었다. 또 새로 멈춰서는 사람들도 있었다. 그런 사람들 사이에서 나는 지붕 꼭대기에서 뭔가 이상한 목소리로 울부짖는 그녀의 외침을 들으면서 나 자신이 어쩐지 죽음과 마주 보고 있는 듯한 역함을 느끼고 있었다.

그녀가 권총을 휘두르고 있었기 때문에 애써 모인 경찰들 또한 도무지 손쓸 방도가 없었다. 경찰들은 그저 옥상의 미친 여자를 더욱더 잘 보기 위해서 수족관 주변을 둘러싸고 있는 큰 나무의 가지 위에 기어오른 구경꾼들을 억지로 끌어내리는 데에 쓸모가 있을 뿐이었다. 그러는 사이에 약 한 시간 정도가 흘렀다. 그리고 밤이 바로 근처까지 와 있었다. 그러나 군중은 좀처럼 흩어지려고 하지 않을 뿐만 아니라 점점 더 그 원을 넓혀 갔다.

마침내 밤이 되었다. 그리고 지붕 위가 어두워져 그녀의 모습을 잘 분간할 수 없어지기 시작했다. 그저 가끔 미친 사람 특유의 소름 끼치는 외침이 들릴 뿐이었다.

그래도 누구 한 사람 그 자리를 떠나려고 하지는 않았다. 그리고 우리는 무언가를 기다리고 있는 것 같았다. 우리는 대체 무엇을 기다리고 있는 것일까? 비극을 기다리고 있는 것일까? 아니 비극이라면 그걸 기다릴 필요도 없이 비극 중의 비극이 실로 우리 눈앞에서 전개되고 있었다. 우리의 호기심을 만족시키기 위해서는 이걸로 이미 충분할 터였다. 그래서 나는 그저 우리가 이 비극 위에 마지막 막이 내려오는 것을 기다리고 있다고밖에 생각할 수 없었다.

그리고 결국 이 비극의 결말로서는 조금 비참한 사건이 일어났다. 군중 가운데 한 사람이 어디서 가져왔는지 갑자기 불꽃놀이 폭죽 한 개를 쏘아 올린 것이다. 어, 폭죽? 처음에는 어느 누구나의 눈에도 그렇게 비쳤지만, 그러나 그것은 폭죽이 아니었다. 그건 신문사 사진반이 그녀를 찍기 위해 터뜨린 플래시였다. 플래시는 지붕 위에서 머리를 풀어헤친 상태로 한 손에 권총을 들고 아직도 거기에서 허우적대고 있는 미친 사람의 섬뜩한 모습을 우리에게 한순간 똑똑히 보여주었다. 우리는 그걸 보고 무심코 환호하려고 했다.

하지만 정확히 바로 그 순간이었다. 그 플래시의 기습은 옥상 위에 있는 그녀를 정말로 깜짝 놀라게 한 듯했다. 그 때문에 그녀는 몸의 균형을 잃은 듯이 보였다. 그리고 옥상에서 우리 위로 완전히 거꾸로 추락했다.

나는 그만 눈을 감았다.

나는 여기에 계속 남아서 죽음과 마주 보고 있는 역함을 이제 더 이상 참을 수가 없었다.

그래서 "아직 살아있다구!"라고 사람들이 외치는 소리를 멍하니 들으면서 나는 눈을 감은 채로 그곳을 떠나갈 수밖에 없었다.

여성들의 아사쿠사^{浅草}에서 태어난 '변태^{変態}'*

호리 다쓰오의 「수족관」은 1930년 5월 순요도^{春陽堂}에서 출판된 『모던 도쿄 론도^{モダンTOKIO円舞曲}』에 발표된 단편소설이다. 『모던 도쿄 론도』는 당시 유행하던 모던 문화와 근대도시 도쿄^{東京}를 그린 단편소설집으로 일본 모더니즘문학의 대표적인 작가들이 다수 참여하였다. 「수족관」은 도쿄 중에서도 아사쿠사를 중심으로 한 작품으로 당시 실제로 존재했던 아사쿠사 수족관의 카지노 폴리^{カジノ フォーリー} 극장을 배경으로 댄서를 사랑한 한 여자의 이야기를 그리고 있다.

1930년, 아사쿠사

아사쿠사는 에도^{江戸}시대부터 이어지는 유곽 등의 성산업과 가부키^{歌舞伎}로 대표되는 극장문화의 메카였다. 특히 1890년에 개관한 12층짜리 빌딩 료운카쿠^{凌雲閣}, 통칭 주니카이^{十二階} 아래의 골목골목에 사창가가 생겨나면서 아사쿠사를 중심으로 한 성산업은

---

* 이 글은 장유리, 「호리 다쓰오(堀辰雄) 문학에 나타난 '변장(変装)'과 '아사쿠사(浅草)'—「수족관(水族館)」과 「날개짓(羽ばたき)」을 중심으로」(『일본어문학』 第89輯, 일본어문학회, 2020, 265~281쪽)의 일부를 수정·가필한 것임을 밝혀둔다.

나날이 발전하게 된다. 노래와 춤을 곁들인 공연인 아사쿠사 오페라浅草オペラ를 상연하던 극장과 활동사진 영화관, 그리고 주니카이를 등에 업고 아사쿠사는 근대일본의 시각문화와 성산업의 최첨단을 달렸으며 1920년대 들어서 모던 문화를 받아들이면서도 그때까지 아사쿠사의 토대를 만들었던 에도적인 감성을 유지하고 있었다. 그러나 1923년의 관동대지진으로 아사쿠사는 불길에 휩싸여 수많은 영화관과 극장을 잃게 되었으며 거리는 한순간에 쇠락의 길을 걷게 되었다.

소설 「수족관」의 배경이 된 아사쿠사의 '수족관'은 1899년 일본 최초의 사설 수족관으로 영업을 시작하여 1929년에 2층에서 최초의 카지노 폴리가 상연되었다. 카지노 폴리란 프랑스풍의 레뷰revue 형식의 희극으로 촌극이나 노래, 춤 등을 무대에서 상연하는 것으로 주로 여성 댄서들이 노출이 있는 의상을 입고 무대에 올랐다. 즉 카지노 폴리는 관동대지진으로 극장과 영화관이 파괴된 아사쿠사에서 시각문화와 에로스라는 아사쿠사적인 전통을 계승하는 새로운 예술형태이었으며 지진으로 침체의 늪에 빠졌던 아사쿠사로 다시 대중을 끌어모으는 역할을 하였다.

그러나 이러한 카지노 폴리의 선전에도 불구하고 일본의 모던 문화가 불러온 새로운 바람은 이미 아사쿠사를 떠난 후였다. 거리를 걸어 다니는 산책을 중심으로 한 도시문화가 발달하고 카페나 바 등의 새로운 유흥문화가 1930년 무렵의 모던 문화의 중심으로 떠오르면서 긴자銀座가 도쿄 모던의 상징으로 자리 잡았다. 긴자가 전형적인 모던걸·모던보이가 출몰하는 세련된 거리라면 아사쿠사는 각 계층의 인간군상이 모여드는 어딘지 모르게 음울함이 깃든 장소였다.

남성들이 배제된 세계로 그려진 아사쿠사

호리 다쓰오는 소설 첫머리에서 "이 뭐라고도 설명할 수 없는 아사쿠사 공원의 매력을 여러분에게 될 수 있는 대로 완전하게 이해시키기 위해서" "이야기를 전개하는 데 필요한 일체의 배경"은 실제로 있는 것을 빌려오되 이야기 자체는 공상으로 만들어 내리라는 선언과 함께 「수족관」의 이야기를 시작하고 있다. 즉 소설 속 이야기를 둘러싼 모든 것은 실제로 존재하는 것들이지만 이야기 자체는 작가가 만들어 낸, 가장 아사쿠사다운, 아사쿠사스러운 것이라는 뜻이다. 호리 다쓰오가 아사쿠사의 매력을 이해시키기 위해 내세운 것은 바로 카지노 폴리 극장의 인기 댄서를 사랑한 한 남장여자였다.

이 소설의 전체를 이끌어가는 것은 남성 화자이지만 이야기의 중심축은 여성에 놓여 있다고 할 수 있다. 카지노 폴리의 인기 댄서이자 아사쿠사 문화를 상징하는 고마쓰 요코와 그녀에게 홀딱 빠져 있는 수수께끼의 남장여자, 그리고 그 남장여자의 정체를 밝혀주는 카페 여급이 이야기의 중심이다. 당시에 에로스와 시각문화를 정체성으로 가지고 있었던 아사쿠사의 문화는 철저히 남성의 욕망에 따라 움직이고 있었다고 할 수 있다. 하지만 호리 다쓰오는 아사쿠사를 지배한 문화와 욕망의 중심이었던 남성들을 배제한 채로 아사쿠사에 접근을 시도하고 있다. 여기서 호리 다쓰오에 의해 만들어진 아사쿠사의 새로운 인간형이 바로 이 여성들이며 그녀들은 남성과는 떨어진 곳에서 자신들의 이야기를 만들어낸다. 즉 「수족관」은 여자들이 움직여가는 세계로서의 아사쿠사를 그리고 있는 것이다.

물론 「수족관」에 아예 남성들이 나오지 않는 것은 아니다. 그러나 카지노 폴리 극장에 댄서들을 보러 몰려든 부랑자나 운전사, 그리고 그 정체를 알 수 없는 남성의 무리를 제외하면 소설 속에 등장하는 남성은 화자인 '나'와 '나'의 친구 '하타'뿐이며 그들은 여성의 관찰자로서의 역할을 충실히 수행하고 있다. '나'는 남장여자를 미행하고 그 정체를 추적하며 결국에는 그녀의 비극적인 마지막까지 목격한다. 또 '하타'는 자기가 마음에 둔 고마쓰 요코가 어떤 남자와 함께 가는 것을 보고 미행하여 결국에는 그 남자가 남장한 여자였음을 발견한다. 이 두 남성에게 주어진 역할은 추적과 관찰이며 여자들의 세계에 대한 어떠한 개입도 허락되지 않는다.

아사쿠사에 출몰한 변태로서의 여성

남자가 배제된 아사쿠사에 등장한 여성들 가운데 단연 눈에 띄는 존재는 남장여자이다. "스물이 갓 지난 까무잡잡한 미소년"으로 묘사되어 있는 이 여성은 낮에는 '여기자'이지만 매일 밤마다 남자로 변장을 하고 고마쓰 요코를 보기 위해 카지노 폴리 극장에 나타난다. 여성은 남자로 변장을 했지만 "너무 크지 않나 싶은 헌팅캡"과 "거친 행동"으로 인해 화자인 '나'와 그 일행에게 보통 남성과는 다른 이질적인 모습으로 비친다. 즉 등장과 동시에 남장여자임이 암시되는 그 변장은 여자로서도 남자로서도 완전히 성립될 수 없는 존재의 불완전성을 드러내고 있는 것이다.

「수족관」의 남장여자는 여성과 성적 행위를 가지며 결국 사랑 때문에 정신착란을 일으켜 죽음으로 이어지는 결말을 맞게 된다. 아사쿠사를 배경으로 한 일본 근대문학 속에는 자신의 성性과는 다른 성으로 변장하는 남장여자 또는 여장남자가 종종 등장한다. 이들은 남들 시선으로부터 자신의 정체를 감추기 위해호리 다쓰오,「날개짓(羽ばたき)」, 1931, 때로는 남자 때문에 죽은 언니의 복수를 위해가와바타 야스나리(川端康成),「아사쿠사 구레나이단(浅草紅団)』, 1930 남장을 결심하거나 다니자키 준이치로谷崎潤一郎의 「비밀秘密」1911처럼 여성이 되어 사람들의 시선을 얻기 위해 변장을 선택한다. 하지만 「수족관」의 미소년은 연애 감정 때문에 남장을 한다. 자신의 감정 해소를 위하여 변장을 선택한 이 여자는 작품 속에서 변태라는 말로 표현되고 있는데 이 변태라는 말이 상징하는 존재의 불완전성에서 남장여자의 비극은 비롯된다.*

---

* 여기서 짚어두고 싶은 것은 현대에서는 변태가 성적 도착의 의미가 짙은 말로 쓰이지만 당시에는 성적인 의미보다는 '비정상'의 의미가 더 강한 말이었다는 사실이다. 메이지(明治) 시대에 "단순히 '정상'적인 상태에서 벗어난 모습을 가리키는 것에 지나지 않"았던 변태라는 말은 1910년대에 '변태성욕'이나 '변태심리'라는 말이 등장하며 "병적인 이상함'이라는 뉘앙스가 더해져" 일반에게 퍼지며 크게 유행하게 되었다(竹内瑞穂, 『「変態」という文化 ─ 近代日本の小さな革命』, ひつじ書房, 2014,

「어설픈 천사不器用な天使」1929나 「불타는 뺨燃ゆる頰」1932과 같은 예에서 보듯, 호리 다쓰오의 작품 속에는 남자가 남자에게 친구 이상의 동경을 느끼는, 혹은 욕망을 느끼는 이야기가 종종 등장한다. 하지만 그 남성들은 남자에게 욕망을 품고 그것을 인지했다고 해도 여성으로 변하려고 하지 않는다. 즉 남성 사이의 동성애적인 감정과 여성 사이의 동성애적인 감정에는 변장이라는 큰 차이가 있는 것이다. 「수족관」에서 관찰자인 남성들은 남장여자에 대한 추적과 관찰로 얻어진 결과를 다음과 같은 말로 표현하고 있다. "변태적인", "정신이 이상한", "제정신이 아닌", "미친 여자".

「수족관」의 남장여자는 여기자로 활동하며 사회적인 지위로서의 여성을 유지하면서도 연애 관계에서 남성으로 인식되기를 바랐던 존재이다. 즉 그녀가 남성으로 인식되고자 한 것은 자기 자신의 여성성을 은폐하고자 함이 아니라 자신의 욕망을 실현시키기 위한 것으로 그녀는 변장을 하나의 도구로 활용하고 있다. 그녀의 변장은 자기 내면의 표출과 맞닿아 있으며 변장이라는 필터를 거치지 않은 그녀의 자기 표출은 고마쓰 요코와의 관계를 묘사한 "두 여자의 나체가 손발이 뒤엉킨 채 이상한 모습으로 누워있었다. 똑같이 하얀 4개의 손발은 그게 어느 사람의 몸인지 알 수 없을 정도였다"라는 기괴한 모습으로 표현되어 있다.

pp.28~29). 그 후 변태라는 말은 기괴하고 이상하며 엽기적인 면이 강조되며 '에로·그로·난센스'의 풍조와 결합되어 나타난다. 「수족관」에서 보이는 "변태적인 여성"으로서의 남장여자는 그러한 '에로·그로·난센스'에서 보이는 변태와 맥을 같이하고 있는 듯이 보인다.

「수족관」의 아사쿠사는 하나의 모습으로 정의되지 않는다. 아사쿠사는 센소지浅草寺라는 유서 깊은 절과 향락문화가 동시에 존재하며 부랑자와 학생, 회사원들이 좁고 어두운 건물 속에서 뒤섞여 어린 소녀의 신체를 탐하는 곳이다. 화려한 무대와 풀풀 날리는 먼지가 공존하는 수족관 풍경 그 자체가 아사쿠사의 모형이며 그런 아사쿠사에 나타난 변태적인 남장여자 또한 여성의 신체를 통해 아사쿠사를 표현하는 메타포이다.

「수족관」이 그려내고 있는 여성들의 아사쿠사는 기괴하고 이상한 일들로 가득 찬 장소이며 아사쿠사를 지배하는 여성들은 남성 화자에 의해 변태적인 존재로 낙인찍힌다. 또한 소설 마지막에서 플래시에 노출된 옥상에 올라간 남장여자의 일그러진 모습과 추락은 아사쿠사 그 자신의 추함과 몰락을 의미한다. 결국 「수족관」은 여성들의 새로운 아사쿠사를 그리는 것이 아니라 조락의 길을 걷는 아사쿠사의 상징으로 여성들을 내세웠을 뿐이며 소설 속에서 여성들은 보이지 않는 남성 권력에 의해 굴절되고 억압된 형태로 나타나고 있다고 할 수 있다.

老妓抄

노기초

오카모토 가노코

岡本かのこ

오카모토 가노코 岡本かのこ, 1889~1939

오카모토 가노코는 1889년 도쿄(東京)에서 태어났다. 가노코의 집안은 대대로 막부와 여러 번(藩)에 물건을 납품해온 상인 집안으로 부유했다. 당시 문학 활동을 하던 오빠 오누키 쇼센(大貫晶川)의 영향으로 잡지 『명성(明星)』과 『스바루(スバル)』에 단카(短歌)를 발표하여 그 실력을 인정받았다. 1910년 오카모토 잇페이(岡本一平)와 결혼하지만 남편의 방탕한 생활로 인한 가정불화와 더불어 자신을 사랑해준 어머니와 오빠의 죽음으로 힘들어했다. 결국 가노코는 신경쇠약으로 병원에 입원하여 요양하기에 이른다. 이후 불교에 입문하여 불교 연구에 몰두했다.

1929년 남편 잇페이가 런던 군축회의에 아사히신문사(朝日新聞社) 특파원으로 가게 되자 아들과 함께 런던으로 가서 파리, 베를린 등을 거쳐 약 4년간 유럽 생활을 하였다. 귀국 후, 잇페이의 협력과 가와바타 야스나리(川端康成)의 지도로 소설가의 길로 들어선다. 1936년에 아쿠타가와 류노스케(芥川龍之介)를 모델로 한 소설 「학은 병들었다(鶴は病みき)」로 문단에 데뷔하여 이름을 알리면서 이후 작가로 활약했다. 그러나 1937년 「모자서정(母子叙情)」, 1938년 「노기초」를 발표하고 그 해에 뇌일혈로 쓰러져 다음 해 50세의 짧은 생애를 마쳤다. 작가로서 활동한 시기는 단 3년이었지만 일본문학사에 여성작가로서 강렬한 인상을 남겼다.

노기초

해마다 내 슬픔이 깊어갈수록
더더욱 내 삶은 화려했나니

　　　年々にわが悲しみは深くして
　　　いよいよ華やぐいのちなりけり

　노기老妓의 본명은 히라이데 소노코平出園子인데, 가부키歌舞伎 배우
의 본래 이름을 들을 때처럼 스스로 어색하게 느끼는 면이 있다.
그렇다고 직업상의 이류인 고소노小その만으로는 점차 여염집 여자
의 소박한 마음가짐으로 돌아가려고 하는 현재 그녀의 기품에 어
울리지 않는다.

　여기서는 왠지 그냥 노기라고 해 두는 편이 좋을 거 같다.

　사람들은 한낮에 백화점에서 그녀를 자주 본다.

　눈에 띄지 않는 서양식 머리 모양을 하고 비단 기모노를 조신한
여자인 양 입은 채 소녀 하나를 데리고 우울한 얼굴로 백화점 안을
돌아다닌다. 체격이 좋은 큰 키에 양손을 축 늘어뜨려 내던지는듯
한 걸음걸이로 같은 장소를 몇 번이나 반복해서 돈다. 그런가 하면
종이연의 실처럼 쓱 나아가서 갑자기 멀리 떨어진 매장에 멈춰 서
성인다. 그녀는 한낮의 외로움 말고는 아무것도 의식하고 있지 않다.

이렇게 한낮의 외로움 속에서 스스로를 쉬게 하고 있다는 사실조차도 의식하고 있지 않다. 어쩌다가 값진 물건이 시야에 들어와 그녀를 깨우면 푸른빛을 띠는 가로로 긴 그녀의 눈이 느릿느릿 떠져서 그 물건을 꿈속 모란인 듯 바라본다. 처녀 시절처럼 한쪽 입꼬리가 말려 들어가듯이 올라가면 거기에 미소가 피어오른다. 다시 우울해진다.

하지만 그녀는 접대하는 자리에서 호적수가 보이면, 처음에 좀 멍한 표정을 짓고 나서는 한없이 쾌활하게 떠들어대기 시작한다.

요정料亭 신기라쿠新喜楽의 이전 여주인이 살아있을 때, 그 여주인과 그녀와, 신바시新橋의 히사고瓢 근처 여주인 등이 한자리에 만나 잡담이라도 하기 시작하면, 이 계통의 사람들 귀에는 전형적이라 여겨지는 기지와 비약이 풍부한 대화가 전개되었다. 상당한 나이의 예기들까지 "말솜씨를 배우자"며 손님을 내버려두고 노기들의 주위에 모였다.

그녀는 혼자 있을 때도 마음에 드는 젊은 기생을 위해서 경험담을 자주 이야기했다. 아무것도 모르는 동기童妓 시절에 술자리의 손님과 선배 사이에 오가는 노골적인 대화에 너무 웃어서 다다미 위에 소변을 지리고 자리를 떠날 수 없어 울어버렸던 것부터 시작해서, 첩이던 시절에 정부와 도망치다가 주인양반에게 어머니를 인질로 잡혔던 이야기, 어느새 예기와 창기를 두셋이나 둔 가게주인이 되고 나서도 뒤에서는 여전히 현금 5엔을 빌리기 위해 왕복 12엔을 월말에 내야 하는 인력거를 타고 요코하마橫浜까지 간 일

등. 그녀는 이야기 상대인 젊은 기생들이 웃다 지칠 때까지 이야기를 했다. 내용은 같아도 분위기를 바꾸어가며 상대에게 이야기를 몰아붙이는 방식은 그녀에게 귀신이 씌여 저도 모르게 상대 여자에게 매혹의 발톱을 세우는 것처럼 보였다. 또 젊음을 질투해서 늙은이가 교활한 방법으로 교묘하게 상대를 괴롭히고 있는 것처럼도 보였다.

젊은 예기들은 결국 머리카락을 흩뜨리고 양 옆구리를 누르며 숨넘어가듯 말했다.

"언니, 부탁이니 그만해요, 더 웃으면 죽을 거 같아요."

노기는 살아있는 사람에 대해서는 결코 말하는 법이 없지만, 고인이 된 친분이 있던 사람에 관해서는 걷치레 없이 그녀만의 시선으로 관찰한 결과를 이야기했다. 그들 중에는 예상치 못한 사람과 예인藝人도 있었다.

여성 역할로 유명한 중국의 경극 배우인 메이란팡梅蘭芳이 제국극장帝國劇場에 출연하러 왔을 때, 그 주선을 맡았던 모 부호에게 노기가 "비용은 얼마가 들어도 괜찮으니 한 번 만날 기회를 만들어 주세요."라고 부탁했더니 그 부호가 달래서 돌려보냈다고 하는 이야기는 거짓인지 진짜인지 모르겠지만 그녀의 일화 중 하나가 되었다.

웃다 지친 예기 하나가 복수할 심산으로 "언니가 그때 은행 통장을 허리춤에서 꺼내서 돈이라면 이만큼 있다며 그분에게 보여줬다고 하던데 진짜예요?"라고 묻는다.

그러자 그녀는 "어리석긴. 아이도 아니고, 허리춤이니 뭐니……"

하며 아이처럼 발끈 화를 낸다. 그 진위야 어찌 됐든 그녀에게서 이런 순수한 태도를 보고 싶어서라도 젊은 여자들은 곧잘 물었다.

"그런데, 너희들" 하고 고소노는 이야기를 끝낸 후에 말했다. "남자를 여럿 바꾸어 봐도 결국 오직 한 남자를 찾고 있는 것에 지나지 않아. 지금 이렇게 생각해 보면 이 남자나 저 남자나 어떤 부분부분에 끌렸을 거야. 하지만 기억에 남아 있는 부분은 찾고 있는 그 남자의 조각의 일부인 거지. 그러니까 이 사람 저 사람 모두 한 명으로는 오래가지 못했던 거야."

"그래서 그 찾고 있는 남자란?" 하고 젊은 예기들이 되물었다.

"그걸 확실히 알면 고생 같은 건 안 하지." 그것은 첫사랑의 남자일지도, 또 앞으로 찾을 남자일지도 모른다고 그녀는 일상생활에서의 우울한 아름다움을 본연 그대로 드러내며 말했다.

"그런 면에서는 여염집 여자가 부러워. 부모가 정해주는 한 남자를 얻어 평생 아무런 망설임 없이 아이를 낳고 그 아이를 돌보며 죽어가지."

여기까지 듣고 젊은 예기들은 언니 이야기도 좋긴 한데 이야기를 듣고 난 다음이 사람을 불쾌하게 만들어서 안 좋다고 평했다.

고소노는 오랫동안 고생해서 얼추 재산도 모으고 손님을 접대하는 일도 자유로이 선택할 수 있게 된 십 년쯤 전부터, 막연히 건강하고 상식적인 생활을 바라게 되었다. 기생집을 하고 있는 한길에 면한 가게와 그녀가 살고 있는 뒤쪽의 곳간이 딸린 방을 분리

해 버리고 여염집 같은 출입구를 만들어 따로 노지에서 뒷골목으로 통하도록 한 것도 그러한 발로 중 하나이고, 먼 친척 아이를 맡아 양녀로 삼아서 여학교에 다니게 한 것 역시 그러한 발로 중 하나이다. 혹은 그녀의 소양이 신시대적인 것과 지적인 것으로 옮겨 간 것도 또한 그러한 발로 가운데 하나라고 할 수 있을지도 모른다. 이 이야기를 쓰고 있는 작가를 만난 것은 시내에 사는 한 지인이 소개해주어 와카和歌를 배우러 갔을 때인데 그때 노기는 이런 말을 했다.

게이샤芸者라는 것은 쓰기 편한 칼 같은 것이어서 이렇다 할 만큼 특별히 잘 들 필요는 없지만 웬만한 것에는 쓸 수 있어야 한다. 아무쪼록 그 정도로 가르쳐 주었으면 좋겠다. 요즘은 내 나이도 있어서 자연스레 고상한 손님들을 상대하는 일이 많아졌기 때문에.

작가는 일 년 정도 어머니만큼이나 나이가 많은 여자의 솜씨를 시험해 봤는데 와카에 소질이 없는 건 아니었지만 오히려 하이쿠俳句에 알맞은 성격을 가졌다고 판단해 얼마 뒤에 모 여류 하이쿠 시인에게 소개했다. 노기는 그때까지 지도해 준 사례라며 단골 장인을 작가의 집으로 보내 안뜰에 서민풍의 작은 연못과 분수를 만들어 주었다.

그녀가 안채를 일본식과 서양식을 절충하는 식으로 개축해서 전기 시설을 갖추어 놓은 것은 자기가 일하는 요정에서 본 후 지기 싫은 마음에 한 결심이 분명했지만, 전기를 설치하고 나서 그녀는 이 문명의 이기利器가 보여주는 작용에 건강한 신비로움을 느꼈다.

물을 입구로 부으면 금세 꼭지에서 뜨거운 물이 나오는 온수기나 담뱃대 끝으로 누르면 바로 점화되어 담배에 불이 붙는 전기 담배합 같은 것들을 쓰면서 그녀의 마음은 신선함에 전율했다.

"마치 살아있는 것 같아. 흠, 모든 사물은 만사에 이래야……"

그런 느낌에서부터 상상으로 생겨나는 단적이고 속도감 있는 세상은 그녀에게 자신이 살아온 삶을 돌아보게 했다.

"우리가 지나온 것은 마치 등불을 켰다 끄고, 껐다 켜는 것 같은 답답한 삶이었어."

그녀는 전기요금이 늘어나는 것에 적잖이 곤란해하면서도 전기 장치를 만지작거리는 것을 낙으로 삼아 한동안은 매일 아침 아이처럼 일찍 일어났다.

전기장치는 자주 고장이 났다. 근처 마키타蒔田라고 하는 전파상 주인이 와서 수리해 주었다. 수리하는 데에 따라다니면서 신기해하며 보는 사이에 그녀에게 몇 가지 전기에 관한 지식이 생겼다.

"음전기와 양전기가 합쳐지면 거기에서 여러 가지 작용이 일어나네. 흐음, 이건 인간의 기질과 빼닮았군."

문화에 대한 그녀의 경이로움은 한층 깊어졌다.

여자뿐인 집에서는 남자의 일손이 아쉬운 적이 자주 있었다. 그래서 그런 방면의 일도 처리할 겸 마키타가 드나들고 있었는데, 한번은 마키타가 청년 하나를 데리고 와서 앞으로 전기와 관련된 일은 그 사람에게 시키라고 했다. 이름은 유키柚木라고 했다. 쾌활하고 천연덕스러운 청년으로 집안을 돌아보면서 "게이샤 집치고는 샤미센三味線이 없네"라고 했다. 자주 오다 보니 그런 천연덕스러운 모습과 다른 이의 위세를 되받아치는 당당한 젊은 기질 덕에 어느새 노기에게 걸맞은 말상대가 되었다.

"유키군은 일을 대충대충 하는구나. 일주일을 꾸준히 한 적이 없구만." 그녀는 이런 말투를 쓰게 되었다.

"그건 그래, 이런 하찮은 일은. 패션passion이 생기지 않으니까."

"패션이 뭐야?"

"패션 말이야? 하하하, 글쎄, 당신들 세계 말로 하면, 응, 그렇지, 성적 매력이 없다는 거야."

문득 노기는 자신의 삶에 대해 연민의 마음이 일었다. 패션 같은 것 없이 거의 평생 일해 온 수많은 접대, 수많은 상대가 떠올랐다.

"흠, 그래? 그럼, 너는 어떤 일에 성적 매력을 느끼는데?"

청년은 발명으로 전매특허를 얻어 돈을 버는 것이라고 했다.

"그러면 빨리 그 일을 하면 되잖아."

유키는 노기의 얼굴을 올려다보았다.

"하면 되지 않냐고? 그렇게 간단하게…… (유키는 여기서 혀를 찼다) 그러니까 당신들은 노는 계집遊び女*이라 불리는 거야."

"아니, 그렇지 않아. 이렇게 말을 꺼낸 건 나에게 의논 상대가 되어 줄 마음이 있었기 때문이지. 먹는 것은 책임질 테니 네 마음껏 해 보면 어때?"

---

* 　유녀(遊女), 악기와 가무로 술자리의 흥을 돋우고 몸을 파는 여자.

이렇게 해서 유키는 마키타의 가게에서 고소노 소유의 셋집으로 옮겼다. 노기는 유키가 말하는 대로 집의 일부를 공방으로 고치고 연구를 위한 기계들도 꽤 사주었다.

어릴 때부터 고학을 해서 전기학교를 겨우 졸업은 했지만, 목표가 있었던 유키는 몸이 매이는 월급쟁이가 되는 것은 피하고 대부분 일용직 같은 임시고용인이 되어 시중의 전파상을 전전하고 있었다. 그러다 뜻하지 않게 마키타가 동향의 중학교 선배인 데다 남을 돌보기 좋아하는 남자인 것에 이끌려, 잠시 가게 업무를 돕게 되면서 마키타의 집에서 기거하게 되었다. 하지만 마키타의 집에는 아이들이 많고 잡다한 일이 쉴 새 없이 있어 난감한 참이었기에 바로 노기의 후원을 받아들였다. 그러나 그는 별로 고맙다고는 생각하지 않았다. 남자들한테 부정한 돈을 마구 쥐어 짜내면서 제멋대로 산 기생이라면 나이 들어 양심의 가책 때문에 누구라도 이런 일을 하고 싶을 것이다. 자기 쪽에서 은혜를 베풀어주는 것이라는 뻔뻔한 생각은 갖지 않는다 하더라도 노기의 호의를 부담으로 느끼지는 않았다. 태어나서 처음으로 매일 끼니 걱정 없이, 일에 전념하여 책의 내용과 실험실의 성과를 대조하면서 쓸 만한 부분을 자신의 연구로 다듬어 세상에 없는 것을 만들어 가려는 조용하고도 행보가 확실한 생활은 행복했다. 유키는 스스로도 크다고 생각하는 몸에 삼베 셔츠를 입고 머리카락을 인두로 곱슬곱슬하게 말아 의자에 비스듬히 기대어 담배를 피우고 있는 자신의 모습을 기둥에 걸린 거울로 보고 이전과 다른 사람인 양 여겼다. 또 젊은 발명가답다고 스스로 생각했다. 공방 밖은 툇마루로 되어 있고 직사각형의 좁고 긴 정원에는 정원수도 조금 있었다. 그는 일을 하다 피곤하면 이 툇마루로 나와서 아무렇게나 드러누워 조금 탁한 도시의 푸른 하늘을 바라보면서 여러 가지 공상을 꿈결로 옮겨갔다.

고소노는 4, 5일마다 찾아왔다. 집안을 쭉 둘러보고, 지내는 데 불편할 것 같은 부분을 기억해 두었다가 나중에 집안사람 누군가에게 시켰다.

"너는 젊은 사람치고 손이 많이 가지 않는 사람이야. 항상 집안은 깔끔하고, 더러운 것 하나 모아놓지 않았네."

"그건 그래. 어머니가 일찍 돌아가셔서 아기 때부터 기저귀를 스스로 빨고 스스로 갈았지."

노기는 "설마"라며 웃었지만, 슬픈 표정으로 이렇게 말했다.

"그래도 남자가 너무 사소한 일에 신경 쓰는 것은 크게 될 수 없는 성격이 아닐까?"

"나도 나면서부터 이런 성격은 아니었던 것 같은데 저절로 익숙해져 버린 거야. 나한테 조금이라도 깔끔하지 못한 부분이 눈에 띄면 스스로 불안한 거지."

"뭔지 모르겠지만 갖고 싶은 것이 있으면 사양 말고 얼마든지 말해."

2월의 첫 오일午日인 이나리稲荷 신사의 제삿날에는 이나리즈시稲荷鮨를 가져오게 해서 모자母子같이 편하게 먹기도 했다.

양녀인 미치코는 변덕스러웠다. 한번 집에 오기 시작하자 매일

같이 와서 유키를 놀이 상대로 삼으려고 했다. 어릴 때부터 남녀 간의 정사를 상품처럼 취급하는 세계에서 자라, 아무리 양어머니가 차단했다 해도 상품 같은 정사가 마음속에 스며들지 않을 수 없었다. 일찍부터 조숙해진 데다 정사를 형식으로만 익혀버렸다. 청춘 따위는 그냥 지나쳐 버리고 마음은 어린아이인 채로 굳어져서, 그 표면에 그저 한 겹 어른이라는 분별이 생겨버렸다. 유키는 노는 것에는 관심이 없었다. 흥미를 잃으면 잃는 대로 미치코는 발길을 끊었고, 시간이 오래 지나면 또 슬그머니 왔다. 자신의 집에서 보살피고 있는 사람 중에 젊은 남자가 하나 있다, 놀러 가지 않으면 손해라고 하는 그 정도의 마음이었다. 노모가 인연도 연고도 없는 사람을 데리고 와서 납득가지 않는 면도 있었다.

미치코는 유키의 무릎 위에 아무렇게나 앉았다. 모양새만으로는 완벽히 추파를 던지면서 말했다.

"얼마나 무게가 나가는지 맞춰봐."

유키는 두세 번 무릎을 올렸다 내리고는 답했다.

"결혼 적령기치고는 정조 감각이 부족하군."

"그렇지 않아, 학교에서 품행점수는 A였어."

미치코는 유키가 말하는 정조라는 말의 의미를 일부러 달리 받아들인 것인지, 정말로 잘못 알아들은 것인지…

유키는 옷 위로 여자의 몸을 탐색했다. 거기엔 영양이 결핍된 아이가 어엿한 여인처럼 교태를 부리는 정체를 발견했을 때와 같은 우스꽝스러움이 있었기 때문에 그는 무심코 실소했다.

"정말 무례하잖아! 하여간 잘났어."

미치코는 화가 나서 일어섰다.

"자, 열심히 운동이라도 해서 엄마만큼의 몸매가 되는 거야."

미치코는 그 이후 이유 없이 줄곧 유키에게 증오심을 가졌다.

반년 정도 유키는 계속 행복하다고 느꼈다. 그러나 그 후 그는 왠지 명해졌다. 목표로 삼은 발명을 상상하는 동안은 확실히 멋지다고 느꼈지만, 실제로 조사하거나 연구하는 단계가 되면 자신과 비슷한 고안은 이미 몇 개나 특허를 얻고 있어서 설령 자기가 고안한 쪽이 훨씬 더 진척되었다 하더라도 기존 특허와의 저촉을 피하기 위해 꽤 모양을 바꿔야 했다. 게다가 이런 발명기구가 과연 사회에서 수요가 있을 것인지의 여부도 의심스러워졌다. 실제로 전문가 입장에서 보면 좋은 것인데 사회에서 전혀 쓰이지 않는 훌륭한 발명이 있는가 하면, 대수롭지 않게 고안된 것이 매우 성공하는 일도 있다. 발명에는 투기가 동반된다는 것도 유키는 진작부터 알고 있었지만 실제로 이렇게 뜻대로 순순히 진척되지 않는다는 사실은 시작하고 나서야 비로소 절실히 느꼈다.

그러나 그보다도 유키가 이 생활에 대한 열의를 잃게 된 원인은 본인의 마음에 있었다. 전에 남한테 고용되어 일했던 시절에는, 생계걱정에서 벗어나 연구에만 몰두하면 얼마나 좋을까 마음 속에 그려보며 매일 반복되는 허드렛일도 견딜 수 있었는데, 그렇게 아침저녁을 보낼 수 있게 되고 보니 단조롭고 괴로운 일이었다. 때때로 너무 조용하고 게다가 다른 누구와도 의논하지 않고 자기 혼자만의 생각으로 진행시키고 있는 상황이 뭔가 엉뚱한 짓을 하는 바람에 터무니없는 방향으로 흘러가 버리지 않을까, 그래서 세상에 자기 혼자 남겨지는 것이 아닐까 하는 공포조차 자주 일었다.

돈벌이에 관해서도 의문이 생겼다. 요즘처럼 생계에 걱정이 없어지고 나니 기분전환을 위해 외출할 때에도 영화를 보고 술집에 들러 취기가 올라 택시를 타고 돌아오는 그 정도로도 충분했다. 게다가 그 정도의 비용은 노기에게 말을 하면 기꺼이 주었다. 그리고 그것만으로도 스스로를 위로하기에 충분히 만족스러웠다. 유키는 두세 번 동료에게 이끌려 계집질을 한 적도 있지만 팔고 사는 것 이상으로 원하는 마음은 들지 않았고, 그보다는 얼른 마음 편히 있을 수 있는 자기 집으로 돌아가서 느긋하게 자기 취향의 이부자리에 눕고 싶은 마음이 자꾸만 들었다. 그는 놀러 가서도 외박은 한 번도 하지 않았다. 그는 침구만은 자신에게 과분한 새털 이불 같은 것을 썼는데 자기가 직접 새를 파는 가게에서 새털을 사 와서 솜씨 좋게 만들었다.

아무리 찾아봐도 이 이상의 욕심이 자기에게 생길 것 같지도 않은, 묘하게 중화되어 버린 자신을 발견하고 유키는 쓸쓸해졌다.

자기들 또래 청년들 치고는 변태가 된 게 아닐까 하는 생각도 들었다.

그에 비해 저 노기는 어떤 여자일까. 우울한 얼굴을 하고 있지만 뿌리를 알 수 없는 씩씩함이 있고 기예를 익히는 것 하나에서도 계속해서 미지의 것을 탐구해 나가려고 한다. 항상 만족과 불만족이 번갈아 가며 그녀를 앞으로 나아가게 한다.

고소노가 또 둘러보러 왔을 때 유키는 이런 생각에 관해 물어보려고 이야기를 꺼냈다.

"프랑스 레뷰revue의 거물 여배우 중에 미스탱게트Mistinguett라는 사람이 있는데……"

"아 그 사람이라면 알고 있어. 레코드로…… 그 노래는 대단해."

"그 할머니는 몸속의 주름을 발바닥에 묶어 둔다는 소문이 있는데 당신은 아직 그럴 필요는 없는 거 같군."

노기의 눈이 날카롭게 빛났지만 바로 미소를 띠고서 "나 말이야? 글쎄, 이제 제법 나이 들어 전 같지는 않겠지만 뭐 시험 삼아"라며 노기는 왼팔 소매를 걷어 유키 앞에 들이밀었다.

"요기를 엄지와 검지로 힘껏 꼬집어 눌러봐."

유키는 시키는 대로 해 보았다. 유키에게 그렇게 시켜놓고서, 노기가 왼팔을 자신의 오른쪽 손가락 두 개로 꼬집어 당기니 유키의 손가락에 끼어있던 피부는 미끄러져나가 원래 팔 모양으로 돌아갔다. 다시 한번 유키는 힘을 모아 시도해 보았지만 노기가 당기면 미끄러져서 꼬집은 채로 있을 수가 없었다. 뱀장어의 배 같은 매끄러움과 양피지 같은 신비스러운 흰 빛깔이 유키의 감각에 계속해서 남았다.

"기분 나쁘네…… 하지만 놀랐는걸."

노기는 팔에 손가락 자국이 나서 피가 몰린 것을 비단 속옷 소매로 문지르고 난 뒤 팔을 안으로 넣었다.

"어릴 때부터 춤을 추다가 다치거나 맞기도 하면서 단련된 덕분이야."

하지만 그녀는 그 유년 시절의 고생을 떠올리며 암담한 표정을 지었다.

"너 요즈음 어쩐지 이상해."

노기는 잠시 유키를 가만히 바라보면서 말했다.

"아니, 공부하라거나 빨리 성공하라는 그런 말을 하는 게 아니야. 뭐 물고기로 치자면 호흡이 힘들어진 것처럼 느껴지는데, 어때? 자기 일만 생각해도 벅찰 젊은 남자가 나이 든 여자보고 나이 걱정하는 것도 얄궂게도 이미 마음이 무거워진 증거지."

유키는 예리한 통찰력에 혀를 내두르면서 솔직히 자백했다.

"안 되겠어, 난. 이 세상에 아무런 의욕이 없어졌어. 아니, 어쩌면 처음부터 없이 태어났는지도 몰라."

"그런 일은 없을 테지만, 만약 그렇다면 곤란한데. 너는 몰라볼 정도로 살이 찐 것 같아서 말이야."

사실 유키는 원래부터 체격이 좋은 청년이었지만 훅 부풀듯이 지방이 붙어서 도련님 같아졌고, 갈색 눈동자의 부은 눈두덩과 이중으로 접힌 턱은 요염한 빛깔조차 띠고 있었다.

"그래, 몸은 아주 좋은 상태여서 그냥 이렇게 있는 것만으로도 노곤하니 기분이 좋아 꽤나 긴장하지 않으면 신경 써야 할 일도 금방 잊고 마는 거야. 그만큼, 또 평소에 항상 불안해. 태어나서 이런 적은 처음이야."

"무기토로麦とろ를 너무 먹었나?" 노기는 유키가 자주 근처 보리
밥과 간 참마를 간판으로 내세우고 있는 가게에서 무기토로를 주
문해서 먹는 것을 알고 있었기 때문에 이렇게 농담으로 받았지만,
금방 진지해져서 "그런 때는 뭐라도 좋으니 고생 거리를 찾는 거
야. 적당히 고생도 해야하는 거야"라고 했다.

그 후 이삼일 지나서 노기는 외출하자며 유키를 불러냈다. 미치
코와 노기 집에서 고용한 기생이 아닌, 유키가 본 적 없는 젊은 예
기가 두 사람 동행했다. 젊은 예기들은 깔끔하게 차려입고 있었다.
"언니, 오늘 불러줘서 고마워요"라며 노기에게 깍듯이 감사인사를
했다.

노기는 유키에게 "네가 지루해서 오늘은 위로회를 하려고 이
예기들에게도 수고비를 두둑이 지불해 두었어"라고 했다. "그러니
까 너는 손님이 되었다 생각하고 사양 말고 즐겁게 지내면 돼."

두 명의 젊은 예기들은 정말이지 일을 잘했다. 다케야竹屋의 나룻
터에서 나룻배를 탈 때에는 나이 어린 쪽이 유키에게 "오라버니 손
좀 잡아주세요"라고 했다. 그리고 배 안으로 이동할 때 일부러 비
틀거리며 유키의 등을 안듯이 잡았다. 유키의 코에 향유 냄새가 났
고, 예기의 붉은 뒷깃 안감에서 통통한 흰 목이 삐져나와 목덜미의
움푹한 곳에 난 머리털이 희미하게 옅어져 보일 때까지, 예기는 유
키의 가슴 쪽으로 가까이 다가갔다. 얼굴은 약간 옆을 향하고 있었

기 때문에 두껍게 분을 발라 하얀 에나멜처럼 빛나는 볼에서 약간 높은 코가 조각같이 또렷이 보였다.

노기는 배안의 칸막이에 걸터앉아 오비 사이에서 담뱃갑과 라이터를 꺼내면서 "경치가 좋네"라고 했다.

택시를 타거나 걸으면서 일행은 아라가와荒川 방수로의 초여름의 경치를 둘러보았다. 공장이 늘고 회사의 사택이 들어섰지만, 옛날 가네가후치鐘ヶ淵랑 아야세綾瀬의 모습은 석탄찌꺼기로 된 지면 사이에 그저 조각이 된 채 여기저기 남아 있었다. 아야세 강의 명물인 자귀나무는 조금밖에 남지 않았지만 맞은편 언덕인 아시즈蘆洲 위에 배를 짓는 목수만은 지금도 있었다.

"내가 무코지마向島 관아에서 첩으로 있던 시절, 주인양반이 아주 질투가 심한 사람이어서 말이야. 이 일대 바깥으로 절대로 내보내주지 않았어. 그래서 나는 근처를 산책한다며 별장을 나오고 남자는 잉어낚시로 가장해서 이 둑 아래 자귀나무 가로수 그늘에 배를 대고 거기서 요즘 말하는 데이트를 했지."

저녁이 되어 자귀나무 꽃이 오므라들기 시작하고 배를 짓는 목수의 망치소리가 어느샌가 사라졌다. 푸르스름한 강안개가 희뿌옇게 피어오른다.

"우리는 언젠가 함께 죽는 것에 대해 의논한 적이 있었어. 어쨌든 뱃전 한번 타넘으면 끝나는 것이니까 좀 위태로웠지."

"왜 그 생각을 단념한 거야?"라고 유키는 좁은 배안을 성큼성큼 걸으면서 물었다.

"언제 죽을지 만날 때마다 얘기하면서 미루고 있는 사이에 어느 날 강 저편에 동반 자살한 익사체가 흘러온 거야. 구경하는 무리 속에서 가만히 보고 와서 남자가 말했어. 동반자살이란 것도 꼴사나운 것이구나. 그만두자'라고.

"죽어버리면 그 남자에게는 좋은 일이겠지만, 뒤에 남는 주인양반이 불쌍하다는 생각이 들어서 말이야. 아무리 몸서리쳐지는 남자라 해도 질투를 그렇게나 하면 마음에 걸리는 거야."

젊은 예기들은 "언니가 일하던 시절의 태평스런 얘기를 듣고 있으면 요즘 우리가 일하는 건 정말 아등바등 하고 있는 것 같아서 진저리가 나요"라고 했다.

그러자 노기는 "아니, 그렇지 않아"라며 손을 저었다. "요즘은 요즘대로 좋은 점이 있어. 게다가 요즘은 뭐든지 얘기가 빨라서 마치 전기 같아. 그리고 여러 가지 방법이 있어서 재밌잖아."

그런 말로 대화가 잘 마무리된 후, 나이 어린 예기가 중심이 되고 나이 많은 예기가 옆에서 도우며 계속 상냥하게 유키를 응대했다.

미치코는 무언가 대단히 동요하고 있는 것 같았다.

처음에는 경멸하는 듯 초연한 태도로 혼자 떨어져서 휴대용 라이카*로 경치를 찍고 있었지만, 갑자기 유키에게 허물없이 굴며 유키의 환심을 사는 데에 있어 예기들을 이기려는 태도를 노골적으로 보이기도 했다.

---

* 독일의 대표적인 35mm 고급 카메라.

그런 상황에서 미성숙한 아가씨의 심신에서 남에게 지기 싫어하는 오기를 간신히 짜내는, 병든 닭의 가슴살만큼의 육감적인 냄새가 유키에게 묘하게 감각적이어서 저도 모르게 깊이 숨을 들이마셨다. 하지만 그것은 찰나였다. 마음에 남는 것은 없었다.

젊은 예기들은 노기 딸의 도전을 기분 좋게 생각하지는 않았던 것 같지만, 큰 언니의 양녀이고 자기들은 일하러 온 것이기 때문에 무리해서 애는 쓰지 않고 딸이 애쓸 때에는 교태를 삼가고, 딸의 손길이 느슨해지면 다시 접대한다. 미치코에게는 그것이 자신의 과자 위에 달려드는 파리같이 성가셨다.

왠지 모르게 불만스런 마음을 푸는 듯이 미치코는 노기에게 대들기도 했다.

노기는 별반 개의치 않고 유유히 둑에서 카나리아의 먹이를 잡거나 창포원菖蒲園에서 삶은 토란을 안주로 맥주를 마셨다.

저녁 무렵이 되어 일행이 스이진水神의 야오마쓰八百松에 저녁을 먹으러 가려하자 미치코는 유키를 지긋이 바라보며 "나, 일본 음식은 됐어. 혼자 집에 갈래"라고 했다. 예기들이 놀라서 그러면 바래다주겠다고 하자 노기는 웃으며 "차에 태워 보내면 문제될 거 없어"라며 지나가는 차를 불러 세웠다.

차의 뒷모습을 보고 노기는 말했다.

"저 아이도 이상한 짓을 배웠구나."

유키는 점점 노기가 하는 일을 이해할 수가 없었다. 옛날 남자들에 대한 속죄를 위해 젊은이를 돌보기라도 해서 마음을 새로이 하려는가 생각했지만 그렇지도 않다. 최근 이 근처에 돌기 시작한 노기의 젊은 정부라는 소문에 대해서 노기는 물론 내색하지 않는다.

왜 어엿한 남자를 이런 대담한 방법으로 사육하는 것일까? 유키는 최근 공방에 전혀 출입하지 않았고 발명에 대한 연구도 단념한 형세다. 그리고 노기는 특히나 그 사실을 알고 있으면서도 그에 관해서는 한마디도 하지 않는 만큼 점점 후원의 목적이 의심스러워졌다. 툇마루를 향해 있는 유리창으로 공방 안이 보이지만 될 수 있는 한 외면하고 툇마루에 나와 누워 뒹군다. 여름이 가까워져 정원의 고목은 푸른 잎을 일제히 내밀고 못을 메운 물가의 돌무덤에서는 붓꽃과 진달래꽃이 등에를 부르고 있다. 하늘은 푸르고 맑았으며 커다란 구름이 우기로 약간 색이 흐려지면서 천천히 이동해간다. 옆에 널어놓은 빨래 그늘에 오동나무 꽃이 피어있다.

유키는 예전에 일 때문에 이집 저집 드나들며, 간장통의 곰팡내가 나는 찬장 구석에 머리를 들이밀고 갑갑하게 일하기도 하고, 주부와 하녀에게 점심 반찬을 얻어서 도시락으로 먹기도 했다. 그 당시는 싫었던 일인데 지금은 오히려 그리웠다. 마키타집 좁은 2층에서 주문처로부터 받은 설계 예산표를 만들고 있으면 아이들이 교대로 와서 목덜미가 붉게 부을 정도로 매달렸다. 작은 입에서 빨다 만 엿을 꺼내서 침이 흐르는 채로 자신의 입에 들이밀기도 했다.

그는 자신이 발명 같은 엄청난 일보다 평범한 생활을 하고 싶은 것이 아닌가 하고 생각하기 시작했다. 문득 미치코가 떠올랐다. 노기는 높은 곳에서 아무것도 모르는 얼굴을 하고 점잖게 보고 있지만 실은 할 수 있다면 자신을 미치코의 사위로 삼아서 장차 노후에 뒷바라지라도 받으려는 속셈인지도 모른다. 하지만 그렇게만 볼 수도 없다. 저 지기 싫어하는 노기가 그런 쩨쩨한 계획으로 남에게 호의를 베푸는 게 아니라는 것도 안다.

미치코를 생각하면 외면은 충분히 갖추었으나 내면은 여물지 않은 아가씨가 떠오른다. 유키는 삶은 밤의 멀겋고 물컹한 알맹이를 연상하고 쓴웃음을 지었지만 요즘 미치코가 자신에게 증오와 반감을 드러내면서도 묘하게 들러붙는 태도가 마음에 걸렸다.

요즘 그녀의 방문은 일시적인 것이 아니고 하루나 이틀 거르는 정도의 정기적인 것이 되었다.

미치코는 뒷문으로 들어왔다. 그녀는 다다미 4장 반짜리 다실과 방 안에 공방이 칸막이로 구분되어 있는 다다미 12장짜리 손님방 사이의 맹장지를 열더니, 그곳 문턱 위에 서 있었다. 한 손을 기둥에 기대어 몸을 조금 돌려 교태를 보이면서 한 손을 펼친 소매 아래에 넣어 사진을 찍을 때 같은 포즈를 취했다. 약간 머리를 숙이고 언짢은 듯이 눈을 들어 슬쩍 엿보고는 "나 왔어"라고 말했다.

툇마루에 누워있는 유키는 그저 "응"이라고만 했다.

미치코는 다시 한번 같은 말을 해 보았지만 똑같은 대답이었기 때문에 정말로 화를 내며 "어쩜 이리 귀찮아하는 티가 날까. 두번 다시 오나봐라"라고 말했다.

"형편없이 제멋대로인 아가씨군."이라며 유키는 상체를 일으키면서 양반다리를 하고서 "호오, 오늘은 일본식 머린가"라며 빤히 쳐다봤다.

"몰라"하며 미치코가 홱 뒤로 돌아서자 기모노 등솔기에 삐뚠 선이 생겼다. 화려한 오비 매듭 위쪽은 뒤로 젖힌 옷깃의 끝부분과 맞닿아 있고, 목덜미 부분을 새하얗게 후지산 모양으로 슬쩍 내비쳐 과장된 교태를 보이는 요란함에 비해, 오비 아래 허릿매에서부터 아래쪽 부분은 한 송이 꽃처럼 갑자기 홀쭉해져서 무미건조한 소녀 그 자체인 것을 유키는 이상한 듯 바라보았다. 이 소녀가 자기의 아내가 되어 무슨 일이든 자기에게 마음을 열고, 자신에게 의지하면서 성가실 정도로 보살펴 주는 사이가 되었을 경우를 상상했다. 그렇게 되면 자신의 일생도 의외로 오붓하고 평범해져 버릴 것 같은 저마한 느낌은 있었지만, 정작 그렇게 되어 보지 않으면 알 수 없는 불확실하고 새로운 미래에 대한 상상이 현재의 자신의 마음을 사로잡았다.

이마가 작아 보일 정도로 앞머리와 옆머리를 볼록하게 만들어 내어 너무 단정하다 싶을 만큼 전형적인 미모의 아가씨로 단장한 미치코의 작은 얼굴에서 유키는 자신을 더욱더 집중시킬 만한 매력을 찾고 싶어졌다.

"다시 한번 이쪽을 봐봐. 잘 어울리니까."

미치코는 오른쪽 어깨를 한번 흔들었지만 바로 빙 돌아서서 가만히 손을 가슴과 옆머리에 대고 매만졌다. "귀찮게…… 자, 이제 됐어?" 그녀는 유키가 진지하게 자기를 바라보는 것에 만족해하면서 늘어뜨린 구스다마燻玉 비녀를 흔들며 말했다.

"맛난 음식을 가지고 왔어. 맞춰봐."

유키는 이런 계집아이에게 우롱당하는 허술함이 자기에게 있다는 걸 알아채고서 의아해하면서 "맞추는 거 귀찮아. 가지고 왔으면 빨리 내놔 봐"라고 말했다.

미치코는 유키의 우격다짐에 갑자기 반항심이 생겨 "사람이 친절하게 음식을 가지고 왔는데 그렇게 거만하게 굴 거면 이제 안 줄래"라며 옆으로 돌아섰다.

"내놔 봐"라며 유키는 일어섰다. 그는 스스로도 자신이 지금 하는 행동에 놀라면서 권위 있는 사람이 하듯이 "내놓으라면 내놔"라고 말하면서 몸에 잔뜩 힘을 주며 천천히 미치코에게로 갔다.

자신의 일생을 작은 함정에 빠트려 버릴 위험과 뭔가 확실치 않은 견인력으로 인해 위험한 줄 알면서도 자진해서 몸을 내던지는 절체절명의 기분이, 그에게서 태어나서 처음 느끼는 극도의 긴장감을 끄집어냈다. 자기혐오에 빠지지 않으려고 하니 그의 이마에서 진땀이 줄줄 흘렀다.

미치코는 그런 행동을 아직 그의 농담 섞인 우격다짐으로 여기고 장난치며 경멸하듯이 쳐다보고 있었지만 평소와 다른 모습에 도중에 갑자기 무서워졌다.

그녀는 다실 쪽으로 조금 물러서면서 "누가 내놓나 봐라"라며 작게 중얼거렸지만 유키가 그녀의 눈을 불꽃이 이는 듯한 눈으로 쳐다보면서 서서히 품 안에서 하나씩 손을 꺼내어 그녀의 어깨에 올리자 그녀는 공포스러운 나머지 "앗" 하고 두 번 정도 작게 소리질렀다. 아무런 꾸밈도 없는 그녀의 민낯이 감정을 드러내며 눈코입이 따로따로 놀았다. "내놔", "빨리 꺼내." 그 말의 의미는 공허했고 유키의 팔에서부터 강한 전율이 전해져왔다. 유키의 큰 울대뼈가 천천히 마른 침을 삼키는 것이 느껴졌다.

그녀는 찢어질 듯이 눈을 부릅뜨고 "미안해요"라며 울먹이며 말했지만, 유키는 마치 감전된 사람같이 멍한 얼굴을 하고 약간 창백해진 상태로 눈은 고정한 채 손의 떨림만 점점 격렬하게 미치코의 몸에 전하고 있었다.

미치코는 마침내 무언가를 유키에게서 읽어냈다. 평소에 "남자는 의외로 겁쟁이다"라고 양어머니가 한 이야기가 갑자기 떠올랐다.

어엿한 한 성인이 그런 일로 두려움과 싸우고 있다고 생각하자 그녀는 유키가 사람 좋은 커다란 가축처럼 귀엽게 여겨졌다.

그녀는 흐트러진 표정을 순식간에 정리해 애교 넘치는 요염한 미소를 지었다.

"바보, 그렇게 하지 않아도 맛있는 거 줄 거야."

유키의 이마에 난 땀을 손바닥으로 쓰윽 닦아 내면서 "여기 있으니까 와. 자."

갑자기 불어온 정원수의 상쾌한 바람을 돌아보고 나서 유키의 다부진 팔을 잡았다.

장맛비가 뿌옇게 내리는 저녁 무렵, 노기는 우산을 쓰고 현관 옆

싸리문을 통해 정원으로 들어왔다. 수수한 손님맞이용 옷을 입고 객실로 들어와서 옷자락을 늘어뜨려 앉았다.

"가게에 가는 길에 네게 좀 해둘 말이 있어서 들렀어."

담뱃갑을 꺼내고 담뱃대로 담배합대신 서양 접시를 끌어당기며

"요즘 우리 미치코가 자주 오는 거 같은데 뭐 그것에 관해서는 이러니저러니 말하진 않겠지만 말이야."

젊은 사람끼리의 일이니까 혹시나 하는 이야기도 그녀는 말했다.

"그 혹시나 하는 것도 말이지."

정말로 죽이 맞아서 진심으로 서로 좋아한다면 그건 자기도 대찬성이다.

"하지만 만약 서로가 아주 조금 끌려, 그저 어쩌다가 눈이 맞기라도 한 거라면 그런 일은 세상에 얼마든지 있고 시시한 거야. 굳이 미치코를 상대로 할 것도 없을 거야. 나도 긴 세월 그것만으로도 힘들었어. 그런 일이라면 몇 번을 하든 같아."

일이든 남녀관계든 순수하게 몰두하는 한결같은 모습을 보고 싶다.

나는 그런 사람을 가까이서 보고서 순순히 죽고 싶다.

"아무것도 서두르거나 초조해할 필요는 없으니까, 일이든 사랑이든 헛수고하지 말고 온 마음을 다해 후회 없을 만한 것을 붙잡기 바래"라고 말했다.

유키는 "그런 순수한 일은 요즘 세상에 생기지도 않고 존재하지도 않아"라며 소탈하게 웃었다.

노기도 웃으며 "어떤 시대라도 그걸 마음에 두지 않는다면 그런 일은 흔히 생기지 않지. 그러니까 천천히 준비하고, 뭐, 괜찮다면 무기토로라도 먹고 점괘의 운이 어떤지 잘 확인하라는 거야. 다행히 몸이 건강하니까 끈기도 있을 것 같군."

차가 데리러 와서 노기는 나갔다.

유키는 그날 밤 훌쩍 여행을 떠났다.

노기의 의중은 제법 알게 되었다. 그것은 그녀가 할 수 없었던 것을 자신에게 하게 하려는 것이다. 그러나 그녀가 할 수 없어서 자신에게 시키려고 하는 일 같은 것은 그녀든 자신이든 또 아무리 행운의 점괘를 뽑은 사람이라 해도 현실에서는 불가능한 이야기가 아닐까. 현실이란, 자투리는 줘도 전체는 항상 눈앞에 어른거리게만 하고서 사람을 낚는 것이 아닌가.

자신은 언제라도 그것에 관해서는 포기할 수 있다. 그러나 그녀는 포기를 모른다. 그러한 점에서 그녀는 모자람이 있는 것 같다. 하지만 어떤 경우에는 모자람이 있는 쪽에 강점이 있다.

늙은 여자가 대단하다며 유키는 놀랐다. 어쩐지 나이가 들면서 요물이 되는 것같이 여겨지기도 했다. 비장한 느낌에 감명도 받았지만, 또 자신이 무모한 계획에 말려들었다는 꺼림칙함도 있었다. 할 수 있다면 늙은 여자가 자신을 태우고 있는 끝을 알 수 없는 에스컬레이터에서 벗어나 푹신한 수제 깃털이불 같은 생활 속으로 들어가고 싶었다. 그는 그런 생각을 정리하기 위해 도쿄東京에서 기차로 두 시간 정도로 갈 수 있는 해안에 있는 여관으로 갔다. 그곳은 마키타의 형이 경영하고 있는 여관으로 마키타에게 부탁받아 전기장치를 둘러보러 온 적이 있다. 넓은 바다가 앞에 있고 구름의 왕래가 끊이지 않는 산이 있었다. 이런 자연 속에서 조용히 생각을 정리하는 건 지금까지 그에게는 한 번도 없었던 일이다.

몸 상태가 좋아서 그런지 여기에 오니 신선한 생선도 맛있고 바닷물을 뒤집어쓰는 것도 기분 좋았다. 속에서 계속 웃음이 터져 나왔다.

무엇보다 그런 무한한 동경에 사로잡혀 있는 늙은 여자가 그것을 의식하지 않고 순간순간 조촐한 생활을 보내고 있는 것이 이상했다. 그리고 어떤 동물은 단지 그 주위의 땅에 영역을 나타내는 선을 그어놓은 것만으로 그것을 넘을 수 없다고 하는 것처럼, 유키는 이곳에 와서도 노기의 분위기에서 벗어날 수 없는 자신이 이상했다. 그 속에 틀어박혀 있을 때는 답답하고 지루했지만 떠나게 되니 쓸쓸해졌다. 그런 이유로 내심 자연스레 찾아내 주었으면 좋겠다는 생각으로 알기 쉬운 여행지를 골라 탈주하는 형식을 취하고 있는 자신의 상황이 이상했다.

미치코와의 관계도 이상했다. 뭐가 뭔지 알 수 없이 한 차례 번개처럼 스치고 지나갔다.

그곳에 머문 지 일주일 정도 지나자 전파상의 마키타가 노기에게 부탁을 받아 돈을 가지고 데리러 왔다. 마키타는 "안 좋은 일도 있었을 테지. 빨리 수입이 되는 걸 찾아서 독립해"라고 말했다.

유키는 따라갔다. 그러나 그는 그 후 자주 도망치는 버릇이 생겼다.

"엄마, 유키 씨가 또 달아났어요."

운동복을 입은 양녀 미치코가 창고 입구에 서서 말했다. 자신의 감정은 제쳐 두고 양어머니가 동요하는 것을 기분 좋아라하는 짓궂은 면이 있었다.

"어젯밤도 그저께 밤도 자기 집으로 돌아오지 않았대요."

신식 음악을 가르치는 선생이 돌아간 후, 연습실로 쓰고 있는 창고 안의 작은 다다미방에 여전히 혼자 남아 복습을 하고 있던 노기는 샤미센을 바로 아래에 두고 내심 억울함이 밀려 올라오는 것도 개의치 않은 채, 천연덕스러운 얼굴로 양녀를 보았다.

"그 남자. 또 평소 버릇이 나왔구나."

긴 담뱃대로 담배를 한 모금 빨고 왼손으로 소맷부리를 잡아 펼치더니, 줄무늬가 잘 어울리는지 살펴보는 시늉을 한 후 "내버려 둬, 나도 그렇게까지는 너그러워지지 못하니까"라고 했다.

그리고 무릎에 묻은 재를 탁탁 두드려 털고 천천히 악보를 정리하기 시작했다. 몹시 화를 낼 거라는 예상과 다른 양어머니의 태도에 미치코는 시시하다는 듯한 얼굴로 라켓을 들고 근처에 있는 코트로 갔다. 노기는 곧바로 전파상에 전화를 걸어 언제나처럼 마키타에게 유키를 찾는 일을 의뢰했다. 스스럼없는 상대에게 털어놓는 그 목소리에는 자신이 돌보는 청년의 방종을 힐난하는 격한 날카로움이 실려 입에서부터 수화기를 들고 있는 자신의 손에 전해질 정도로 울렸다. 그러나 그녀의 마음속에서는 불안한 두려움이 점점 정서적으로 숙성되어 쓸쓸함을 띤 취기 같은 것이 되어 정신을 활발하게 했다. 전화기에서 멀어지자 그녀는 "역시 젊은 사람은 기운이 있군. 그래야지"라고 중얼거리면서 눈가에 살짝 소매를 갖다 댔다. 노기는 유키가 달아날 때마다 유키에게 존경하는 마음을 가졌다. 하지만 그녀는 유키가 만약 돌아오지 않는다고 상상하자, 늘 그렇듯 돌이킬 수 없는 기분이 들었다.

한여름 무렵, 이전에 소개한 아무개에게 하이쿠를 배우고 있는 노기가 이 글을 쓴 작가에게 첨삭을 부탁하며 와카의 초고를 보내왔다. 처음 있는 일이다. 그때 마침 작가는 이전에 노기가 와카를 지도받은 사례로 만들어 준 안뜰 연못의 분수를 바라보며 툇마루에서 식후의 더위를 피하고 있었다. 그곳에서 하녀에게서 초고를 받아들고 연못 물소리를 들으면서 호기심에 가득 차서 오랜만에 노기의 와카를 살펴봤다. 그 초고 안에 최근 노기의 심경을 엿볼 수 있는 한 수가 있어서 소개하겠다. 다만 원작에 약간의 첨삭을 가한 것은 사제師弟의 작법에 의한 것이라기보다 읽는 사람에게 보다 의미 전달을 잘하기 위함이었다. 수정은 불과 수사상의 몇 곳에 그치고 내용은 원작을 해치지 않았음을 보증한다.

해마다 내 슬픔이 깊어갈수록
더더욱 내 삶은 화려했나니

늙은 여자 이야기

「노기초」는 오카모토 가노코의 단편소설로 1938년 『중앙공론 中央公論』에 발표되었다. 발표 당시 다케다 린타로武田麟太郎는 '잊을 수 없는 감동을 받았다'고 했으며 가와바타 야스나리川端康成는 '명단 편'이라며 절찬했다. 메이지明治 이후 문학사상 굴지의 명단편이자 가노코의 작품 중 가장 완성도 있는 대표작이라 할 수 있다. 가노 코는 주로 화려하고 현란한 필치로 그녀의 풍부한 생명력을 드러 내는데, 「노기초」에서는 대단히 함축적인 필치로 담담히 써 내려 가고 있다. 그래서 「노기초」는 다양한 관점에서 읽힐 수 있는 작품 이다.

해마다 내 슬픔이 깊어갈수록

더더욱 내 삶은 화려했나니

노기는 자신의 지나온 삶을 이 노래에 담아냈는데 이것은 작가 가노코의 마음을 대변하는 것이기도 했다. 실제로 가노코는 자신 의 가집歌集에 이 노래를 수록하고 있다. 일본 근대소설에서 노인을 그것도 늙은 여자를 주인공으로 하는 작품은 찾아보기 힘들다. 그런 의미에서 「노기초」는 신선한 작품이다.

늙음과 회한

노기는 늙은 게이샤로 「노기초」의 노기 고소노는 나이가 많아서 게이샤 일을 그만두고 그동안 고생하며 모은 재산으로 현재는 몇 명의 게이샤를 두고 있는 마담이다. 늙는다는 것은 삶을 무기력하게 만드는 것인지도 모른다. 뒷방으로 물러난 노기에게 삶이란 더욱 무기력하게 와 닿았을지도 모르겠다. 하지만 늙는다는 것은 돌아볼 삶이 많다는 것이다. 노기는 자신의 삶을 돌아보면서 '우리가 지나 온 것은 마치 등불을 켜서는 끄고, 또 끄고는 켜는 것 같은 답답한 삶이었어'라고 했다. 노기는 자기의 삶에 연민을 느꼈다. 노기가 십여 년 전부터 막연하게 바라왔던 '건강하고 상식적인 삶'은 당시의 노기의 삶이 얼마나 건강하지 않고 비상식적이었는지 말해주는 것이며, '건강하고 상식적인 삶'을 원하는 노기의 바람은 그녀의 삶의 겉모습을 바꾸게 했다.

노기는 가게와 자신이 사는 집의 입구를 따로 분리해서 여염집처럼 보이게 했고, 양녀를 얻어 학교에 보내기도 하고, 그녀의 소양을 지적인 것과 신시대적인 것으로 바꿔보려고 애도 썼다. 그리고 한낮에 백화점에서 서양식 머리 모양을 하고 외로움을 의식하며 돌아다녔다. 그러나 이런 외형적인 변화는 노기에게 실질적인 만족감을 주지는 못했다. 한낮의 백화점에서 여염집 여자의 흉내를 내며 돌아다닌 것처럼 그것은 흉내 내는 삶이었기 때문이다. 상식적인 삶을 살고 싶어 했지만 노기에게는 그 모든 것이 낯선 것일 수밖에 없었다. 평범한 것과 가장 거리가 먼 삶을 이제껏 살아온 것이다. 그래서 늙은 노기 고소노는 자신의 삶을 위로받기라도 하려는 듯 유키와 미치코에게 자신이 마련한 삶을 주고자 한다.

'passion'을 찾아

노기는 'passion'이라는 말을 유키라는 청년에게 처음 들었을 때 신선하다고 생각했다. 전파상에서 일하는 유키는 쾌활하고 천연덕스러운 청년이어서 노기와도 거리낌 없이 좋은 말상대가 되어 주었다. 하지만 자신이 하는 일을 대충대충 하면서 그런 일에는 'passion'이 느껴지지 않는다고 했다. 유키는 발명을 하고 싶다며 자신의 신세를 탓했다. 그 말을 들은 노기는 유키에게 기거할 집과 모든 물질적 지원을 하겠다며 마음껏 발명을 하라고 제안한다. 하지만 생활에 대한 염려 없이 연구에만 몰두할 수 있으면 좋겠다던 유키의 삶은 노기의 물질적 후원에도 불구하고 별반 생활이 바뀌지 않았다. 'passion'이란 것은 부족함이 없을 때 생겨나지 않는 것일지도 모른다. 자신의 처지가 환경 때문이라 생각하며 비관했는데, 바라던 환경이 주어졌음에도 유키의 태도나 본성은 달라지지 않았다. 유키는 오히려 노기가 도대체 왜 '어엿한 남자를 이런 대담한 방법으로 사육하는 것일까?' 하고 의심한다. 그러면서 원래 자기는 발명 같은 대단한 일보다도 평범한 삶을 원했던 것은 아닐까? 생각한다. 그리고 'passion'을 살린다는 것, 그런 일 자체가 현실에서 불가능한 것이 아닐까 하고 부정적인 생각을 한다.

노기는 'passion'이란 말을 듣고 자신이 그런 열정을 가지고 살지 못했음을 한탄했을 것이다. 그리고 유키가 마음껏 꿈을 펼치길 바랐다. 자신의 청춘에 대한 아쉬움을 유키를 통해 달래고 싶었을지도 모른다. 하지만 유키는 모든 것이 갖추어진 부족함 없는 생활 속에 파묻혀 열정을 잃고 오히려 노기의 품을 벗어나려 도망친다. 그리고 다시 노기가 찾아내면서 노기 곁으로 돌아오고 노기 곁을 떠나길 반복한다.

내 안의 'passion'

노기에게는 미치코라는 딸이 있다. 노기가 '건강하고 상식적인 삶'을 위해 양녀로 들인 아이이다. 양녀인 미치코는 지금 현재 노기가 갖지 못한 젊음, 예전에 노기가 누려보지 못한 부를 누리고 더구나 게이샤가 아닌 평범한 삶을 살아가고 있다. 어쩌면 노기가 원했던 삶을 대신 살아주는 사람이다. 그러나 미치코 역시 유키처럼 자신의 삶에 만족하지 못한다. 오히려 노기를 부러워한다. 남녀 간의 정사를 상품 같이 취급하는 사회에서 자라, 정사를 형식만 익혀서 미성숙한 심신으로 유키를 유혹하려 하지만 마음대로 되지 않는다. 그리고 엄마인 노기가 데리고 온 예기들을 시샘하며 불안한 마음에 노기에게 대들기도 하고 예기들을 이겨보려고 노골적인 태도를 보이기도 한다. 노기는 앞이 안 보이는 답답한 게이샤의 삶을 살아왔고 그 삶에 미련이 있었다. 그래서 애써 삶에 집착을 보였다. 유키에게 미치코에게 마련해준 삶들은 노기가 꿈꾸어 온 삶이지만 생각대로 되지는 않았다.

늙어가는 것은 삶을 조금씩 상실하는 것일까. 삶을 완성해가는 것일까. 노기는 살아온 날들을 돌아볼 때 인간으로서 여자로서 슬픔이 깊어졌다. 그 슬픔은 'passion' 같은 것 없이 지내온 지난날들에 대한 연민일 것이다. 하지만 슬픔과 함께 더해간 삶의 화려함은 노기의 삶에 대한 애착이자 집착이고 진지함을 보여준다. 노기가 미처 인지하지 못했던 그녀 안의 'passion'이 그녀의 삶을 지탱하고 있었던 것이다.

待つ

기다리다

太宰治
다자이 오사무

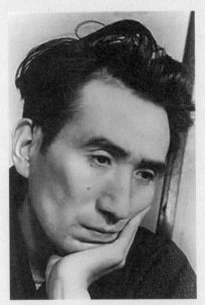

다자이 오사무 太宰治, 1909~1948

본명은 쓰시마 슈지(津島修治)이다. 일본 아오모리(青森)현 쓰가루(津軽) 지역 유지의 11남매 중 열 번째로 태어난 다자이 오사무는 유복하게 자랐지만 바쁜 아버지와 병약한 어머니 사이에서 보살핌을 받지 못하고 거의 유모의 손에 의해 길러졌으며 그로 인해 제대로 된 가족의 정을 느끼지 못하여 소외감 속에서 성장하게 된다. 유년 시절에 형성된 이러한 쓸쓸함과 스스로의 존재에 대한 부정적인 의식은 평생에 걸쳐 그의 인생과 작품 속에 뿌리 깊게 자리 잡게 되었다.

다자이는 1930년대 중반 무렵부터 작품 활동을 시작하여 「달려라 메로스(走れメロス)」(1940)와 같은 뛰어난 단편을 많이 남겼지만 그가 대중에게 폭발적인 인기를 끌게 된 것은 긴 전쟁이 끝난 1945년 이후의 일이었다. 일본의 패전으로 인해 생활이 무너지고 기존의 가치관이 전복된 혼란한 사회 속에서 발표된 『사양(斜陽)』(1947)이나 『인간실격(人間失格)』(1948)과 같은 자조적이면서 퇴폐적인 다자이의 작품은 하루아침에 바뀌어 버린 세상 속에서 방황하던 젊은이들에게 큰 지지를 얻게 되었다. 다자이의 대표작으로 일컬어지는 이러한 작품들은 그가 자살로 생을 마감하기 2~3년 전부터 자신의 인생을 반추하며 쓴 작가 자신에 대한 기억들이다. 다자이의 소설은 인간과 사회의 어두운 면을 바라보면서도 냉소적인 유머를 잃지 않는 매력으로 아직도 일본뿐만 아니라 한국의 젊은 세대에게도 널리 읽히고 있다.

기다리다

아아, 하지만 나는 기다리고 있습니다.

あ あ、 け れ ど も 私 は 待 っ て い る の で す。

　그 작은 기차역으로 나는 매일 마중을 나갑니다. 누군지도 모르는 사람을 마중하러.

　시장에서 장을 보고 집으로 돌아가는 길에는 반드시 역에 들러 역 안 차가운 벤치에 앉아 장바구니를 무릎 위에 올리고 멍하니 개찰구를 바라보고 있습니다. 상·하행 전철이 플랫폼에 도착할 때마다 전철 문으로 쏟아져 나온 많은 사람이 우르르 개찰구로 몰려와 하나같이 화난 듯한 얼굴로 정기권을 보여주거나 표를 건네주고서는 곁눈 한 번 팔지 않은 채 총총히 걸어옵니다. 그러고선 내가 앉아 있는 벤치 앞을 지나쳐 역 앞 광장으로 나간 다음 각자의 방향으로 흩어져 가지요. 나는 멍하니 앉아 있습니다. 누군가 한 사람이 웃으며 내게 말을 걸어요. 오오 무서워. 아아 난처해. 가슴이 두근거리고 생각만으로도 등에 찬물을 끼얹은 것처럼 오싹해서 숨이 막히죠. 하지만 나는 역시 누군가를 기다리고 있습니다.

대체 나는 매일 여기에 앉아 누구를 기다리고 있는 것일까요. 어떤 사람일까요? 아니에요, 내가 기다리고 있는 건 사람이 아닐지도 몰라요. 나는 사람이 싫습니다. 아니요, 무서운 것이지요. 다른 사람과 얼굴을 마주하고 별일 없으시지요, 추워졌네요 라며 하고 싶지도 않은 인사를 적당히 하고 있자면 왠지 나만한 거짓말쟁이는 이 세상에 없을 것 같은 괴로운 마음이 들어 죽고 싶어집니다. 그리고 또 상대방도 무턱대고 나를 경계하면서 모난 데 없는 인사치레와 젠체하는 거짓 감상을 늘어놓으면 나는 그걸 듣고 상대방의 옹졸한 조심성이 슬퍼서 더욱더 세상이 싫어지고 또 싫어져 견딜 수 없어집니다. 세상 사람들이라는 건 서로 경직된 인사를 하면서 눈치를 보고, 그래서 서로 지쳐가며 평생을 보내는 걸까요. 나는 사람을 만나는 것이 싫습니다. 그렇기에 난 어지간한 일이 아닌 이상 먼저 친구 집에 놀러 가지는 않아요. 집에서 어머니와 둘이서 말없이 바느질을 하고 있을 때 제일 마음이 편합니다. 하지만 바야흐로 대전쟁이 시작되면서 주위에 몹시 긴장감이 감돌고부터는 나만 집에서 매일 멍하니 있는 것이 아주 나쁜 일인 것만 같은 기분이 들고 왠지 불안해서 잠시도 차분히 있을 수 없게 되었습니다. 몸이 가루가 되도록 일해서 직접 도움이 되고 싶은 심정입니다. 나는 지금까지의 내 생활에 자신을 잃고 만 것입니다.

집에 가만히 앉아서 있을 수 없다는 생각이 들었지만 그래도 밖으로 나가 봤자 나에게는 갈 곳이 어디에도 없습니다. 그래서 장을 보고 집으로 돌아가는 길에 역에 들러서 멍하니 역 안 차가운 벤치에 앉아 있는 것입니다. 누군가가 불쑥 나타나 준다면! 하는 기대와 아아 나타나면 곤란해, 어쩌지 하는 공포와 그래도 나타났을 때는 어쩔 도리가 없지, 그 사람에게 내 목숨을 바치자, 내 운이 그때 결정되어 버릴 것 같은 체념에 가까운 각오와, 그 밖의 여러 당치도 않은 공상 따위가 이상하게 얽혀서 가슴이 메어 질식할 것처럼 괴로워집니다. 살아있는 건지 죽은 건지 알 수 없는 백일몽을 꾸고 있는 것처럼 어딘지 모르게 불안한 기분이 들어서 역 앞에 사람들이 지나다니는 모습도 망원경을 거꾸로 들여다본 것처럼 저 멀리 작게 느껴지고 세상이 조용해지는 것입니다. 아아 나는 대체 무엇을 기다리고 있는 걸까요. 어쩌면 나는 아주 난잡한 여자일지도 몰라요. 대전쟁이 시작되면서 왠지 불안해 몸이 가루가 되도록 일해서 도움이 되고 싶다는 것은 거짓말이고, 사실은 그런 그럴듯해 보이는 구실을 마련하여 자신의 경망스러운 공상을 실현하려고 어떤 좋은 기회를 노리고 있는 건지도 모르지요. 여기에 이렇게 앉아서 멍한 얼굴을 하고 있지만 가슴 속에서는 발칙한 계획이 훨훨 불타고 있는 듯한 기분도 들어요.

대체 나는 누구를 기다리고 있을까요. 확실한 형태를 가지고 있는 것은 아무것도 없어요. 그저 답답할 뿐이지요. 하지만 나는 기다리고 있습니다. 대전쟁이 시작되고 나서는 매일 매일 장보고 돌아가는 길에 역에 들러 이 차가운 벤치에 앉아 기다리고 있어요. 누군가 한 사람이 웃으며 내게 말을 걸어요. 오오 무서워. 아아 난처해. 내가 기다리고 있는 건 당신이 아니에요. 그러면 대체 나는 누구를 기다리고 있는 걸까요. 남편. 아니야. 연인. 아닙니다. 친구. 싫어. 돈. 설마. 망령. 오오 싫어.

좀 더 부드럽고 환하게 밝은 멋진 것. 무엇인지는 모르겠어요. 예를 들면 봄 같은 것. 아니, 달라요. 푸른 잎. 오월. 보리밭을 흘러 가는 맑은 물. 역시 아니에요. 아아 하지만 나는 기다리고 있습니다. 가슴을 두근거리면서 기다리고 있어요. 사람들이 눈앞을 줄줄 이 지나쳐 가요. 이 사람도 아니고 저 사람도 아니에요. 나는 장바 구니를 끌어안고 미세하게 떨면서 열심히, 열심히 기다리고 있습니다. 나를 잊지 말아 주세요. 매일 매일 역에 마중 나와서는 허무 하게 집으로 돌아가는 스무 살의 여자애를 비웃지 말고 부디 기억 해 두세요. 그 작은 역의 이름은 일부러 가르쳐 드리지 않겠습니다. 가르쳐 드리지 않아도 당신은 언젠가 나를 발견할 거예요.

전쟁이 일으키는 일상의 균열

「기다리다」는 1942년 6월에 출판된 다자이 오사무의 소설집 『여성女性』에 수록된 단편소설로 전쟁이 시작된 무렵을 살아가는 한 여자의 이야기이다. 이 소설은 다자이가 즐겨 쓰던 여성독백체를 이용하여 소시민의 일상과 국운이 걸린 전쟁이라는 사회의 큰 사건이 가지는 접점을 짧지만 여운이 남는 스케치로 그려내었다.

대전쟁이 시작되다

1941년 12월 8일. 일본이 선전포고 없이 진주만을 기습하면서 미국을 제2차 세계대전으로 끌어들인 '대전쟁'이 시작된 날이다. 제국주의의 야욕을 실현하기 위해 일본은 일찍부터 청일전쟁1894~1895, 러일전쟁1904~1905을 일으켰으며 1930년대에 들어서는 만주사변부터 시작되는 아시아·태평양전쟁에 돌입하면서 본격적으로 침략전쟁을 전개하였다. 청일·러일전쟁으로 대만과 조선을 식민지로 만든 일본은 1931년의 만주사변, 37년의 중일전쟁을 통해 만주와 중국에 지배력을 넓혀 갔다. 또한 당시 서구열강의 지배를 받고 있던 동남아시아의 여러 나라를 차례로 침략하면서 아시아를 지배하고 세계로 나아가고자 하였던 일본의 제국주의는

1930년대 후반에 이르러 나라 안팎으로 절정의 기세를 보이게 된다. 아시아에서 기세를 올리던 일본은 1941년 12월 8일 새벽 선전포고 없이 하와이의 진주만을 기습하며 미국을 공격하였고 이로 인해 유럽을 중심으로 전개되던 제2차 세계대전은 미국의 참전으로 전 세계적인 규모로 확대되었다.

진주만 공습 이전까지 일본이 치르던 전쟁은 일본 본토에서 거리가 멀리 떨어진 곳에서 벌어져 일본열도 안에서 살아가는 사람들은 자신의 나라가 타지에서 전쟁을 수행하고 있다는 인식은 있어도 그 실체를 눈으로 볼 수 없었고 피부로 느낄 수도 없었다. 하지만 미국의 참전으로 일본 본토에 대한 공격이 시작되면서 일본 사람들이 전쟁을 직접적으로 경험하게 되었다는 뜻에서 12월 8일의 진주만 공습은 큰 의미를 가진다. 다자이 오사무의 소설 「기다리다」는 이 '대전쟁'이 시작되었을 무렵을 살아가던 한 여자에 대한 이야기이다.

대전쟁과 개인에게 닥친 일상의 균열

여기에 스무 살의 한 여자가 있다. 주위 사람들과 어울리는 것에 거북함을 느끼고 늘 어머니와 둘이서 집에 틀어박혀 지내는 그녀는 나이로는 성인이지만 사회적으로는 미성숙한 소녀에 가깝다. 그런 그녀의 생활은 '대전쟁'이라는 사회의 큰 변화 앞에서도 거의 변화를 보이지 않는다. 그저 그녀의 마음이 조금 술렁일 뿐이다. 전쟁에 대해 그녀가 느끼는 것은 집에서 가만히 있어서는 죄스럽다는 감정, 그리고 자기 한 몸 다 바쳐 나라에 도움이 되고 싶다는 생각이다. 하지만 그러한 생각들은 그녀의 내부에서 일어나는 변화일 뿐이고 실제로 그녀의 삶에 직접적인 변화가 생기지는 않는다. 그녀가 대전쟁을 맞아서 할 수 있는 건 겨우 역 앞에 나가 전철에서 내리는 사람들을 바라보는 일뿐이다.

당시 일본 정부와 군부는 일본인들에게 국민이라면 나라를 위해 전쟁에 적극적으로 임해야 한다는 의식을 심으면서 남성들에게는 전장에 나가 나라와 가족을 지킬 것을 강요하였고 여성들에게는 생활의 터전을 지키는 동시에 전장에 보낸 남성들을 뒷받침하는 역할을 맡겼다. 여성들은 직접 전장에 나가지는 않지만 총 뒤에서 함께 싸운다는 의미인 '총후銃後'라는 이름 아래 자리를 비운 남성들을 대신하여 일본 내의 공장과 산업을 유지하기 위해 일을 할 것을 요구받았으며 나아가 어머니로서 장래에 나라를 위해 싸우게 될 어린 '소국민小国民'을 키워낼 책무가 주어졌다. 이제까지 가정을 지키는 현모양처가 되는 것이 제일의 미덕이라고 일컬어졌던 여성들은 전쟁으로 인해 국가와 사회에 필요한 존재가 되었던 것이다. 하지만 「기다리다」의 그녀는 그러한 사회의 일원으로서 감당해야 하는 무게와는 동떨어져 있다.

그녀는 무엇을 왜 기다리는지도 모른 채 역 앞에서 매일같이 무언가를 기다리고 있다. 여기서 중요한 것은 그녀가 무엇을 기다리고 있느냐가 아니라 기다리는 행위 그 자체이다. 일어날지도 모를 일 또는 나타날지도 모를 사람/사물을 기다린다는 행위는 아주 수

동적이지만 그녀의 일상에서 벗어난 작은 일탈이다. 그녀는 그 기다리는 행위 중에 역에서 내리는 많은 사람과 스쳐 지난다. 장을 보고 돌아갈 오후 시간에 작은 기차역에 쏟아져 내리는 사람들은 일터에서 집으로 돌아오는 사람들, 즉 매일 급박하게 변화하는 사회에서 일상으로 돌아오는 사람들이었을 것이다. 전쟁으로 인해 이제까지의 일상을 지키는 일이 불가능해진 그녀는 일상으로 돌아오는 사람들을 맞이하는 것으로 자신의 일상 밖으로 한 걸음 내딛는다.

「기다리다」가 수록된 소설집 『여성』에는 「12월 8일十二月八日」이라는 제목을 가진, '대전쟁'과 관련된 소설이 한 편 더 실려 있다. 「12월 8일」은 12월 8일 새벽에 감행되었던 진주만 공습에 대한 라디오 뉴스를 들은 여성이 그날 하루 동안의 이야기를 기록한 일기 형태를 가진 소설이다.(화자인 여성은 다자이 오사무의 부인으로 추정된다) 거기에 나타난 전쟁은 "강한 광선을 받아 몸이 투명해지는 것 같은 느낌 혹은 성령의 숨결을 받아 차가운 꽃잎 하나를 가슴 속에 품은 기분"이 들게 하여 "나라는 인간을 바꾸는" 것이며 동시에 "일본 또한 오늘 아침부터 또 다른 일본이 되"게 만드는 것이었다. 즉 '대전쟁'이 시작된 12월 8일은 국가와 개인 모두를 바꾸어 버리는 모멘텀으로 그려져 있다. 하지만 「기다리다」에서 전쟁은 직접적으로 사람들에게 영향을 미치지 않으며 한발 물러선 곳에서 그림자를 드리우고 있을 뿐이다.

「기다리다」의 가장 큰 매력은 나라의 운명이 걸려 있는 '대전쟁'

이 한 개인에게 미치는 영향을 일상에 나타난 조그만 균열로부터 상기시킨다는 점에 있다. 표면적으로는 아직 아무런 변화도 일어나지 않은 상태이지만 한 개인의 일상과 내면에 자리 잡기 시작한 동요가 일상에 균열을 만들고 그것이 언젠가 '대전쟁'이라는 사회적인 큰 변화 속으로 휘말려갈 것이라고 예감하게 한다. 그런 의미에서 「기다리다」는 소설 안에서 이야기되는 부분보다 이야기 밖의, 혹은 이야기 후의 그려지지 않은 부분이 더 많은 것을 의미하고 있는 소설이라 할 수 있다.

무너진 소설과 현실의 경계

"나를 잊지 말라"며 "그 작은 역의 이름은 일부러 가르쳐 드리지 않겠습니다. 가르쳐 드리지 않아도 당신은 언젠가 나를 발견할 거예요"라고 말하는 소설의 마지막은 이 이야기를 '그녀'의 이야기가 아닌 소설을 읽고 있는 '우리들'의 이야기로 바꾸어 놓는다. 전쟁으로 인하여 일상에 균열이 생겼고 나아가 앞으로 일상이 무너질 한 여성은 어디에나 있을 작은 기차역에서 많은 '우리들'과 조우하게 될 것이다. 그런 '우리들'이야말로 언젠가 나타날 '그녀'를 기다리는 중이 아닐까.

「기다리다」는 극히 짧은 소설이지만 한 여성의 일상에 나타난 균열을 이용해 '대전쟁'으로 말미암아 소설 안의 사회와 일상에 닥칠 큰 변화를 슬며시 드러내고 있을 뿐만 아니라 소설과 현실 세계의 경계를 무너뜨려 독자인 '우리들'을 작품 속 세계로 끌어들이고 있다.